쌍룡기

장담 신무협 장편소설
ORIENTAL FANTASY STORY & ADVENTURE
❸

dream books
드림북스

쌍룡기 3
쌍룡출해(雙龍出海)

초판 1쇄 인쇄 / 2010년 3월 23일
초판 1쇄 발행 / 2010년 4월 3일

지은이 / 장담

발행인 / 오영배
편집장 / 김경인
펴낸 곳 / (주)삼양출판사 · 드림북스

주소 / 서울특별시 강북구 미아8동 322-10호
대표 전화 / 02-980-2112 팩스 / 02-983-0660
편집부 전화 / 02-980-2116 팩스 / 02-983-8201
블로그 / blog.naver.com/dream_books

등록번호 / 제9-00046호
등록일자 / 1999년 3월 11일

ⓒ 장담, 2010

값 8,000원

(주)삼양출판사 · 드림북스의 서면 허락 없이는 어떠한
형태나 수단으로도 이 책의 내용을 이용하지 못합니다.

ISBN 978-89-542-3682-9   04810
ISBN 978-89-542-3679-9   (세트)

* 지은이와 협의하에 인지는 생략합니다.
* 잘못된 책은 구입한 곳에서 바꾸어 드립니다.

목차

제1장	이중비고(二中秘庫), 금옥(禁獄)의 비밀	007
제2장	낙산(樂山)의 동반자(同伴者)	035
제3장	어느 죽음	079
제4장	장막심의 원한(怨恨)?	107
제5장	삼령도(三嶺島)	127
제6장	곳간을 털어먹을 놈과 꼬리 흔드는 개나 잡아먹을 놈	163
제7장	미끼	197
제8장	해후(邂逅)	225
제9장	동상이몽(同床異夢)	257
제10장	수라곡(修羅谷)	291

제1장
이중비고(二中秘庫), 금옥(禁獄)의 비밀

1.

　사도무영은 바위 뒤쪽에 나 있는 틈바구니를 비집고 안으로 들어갔다.
　입구에 회오리 문양이 있었다. 남들이 보면 그냥 돌끼리 부딪치며 긁힌 것처럼 보일지 몰랐다. 하지만 그 문양은 사부가 남긴 것이었다. 회천도결의 운용결에 따라서.
　'찾기는 제대로 찾아왔군.'
　사도무영은 심호흡을 하고 경사를 따라 천천히 내려갔다.
　이십여 장을 들어가자 완전한 암흑세상이었다. 틈바구니의 간격도 석 자 정도밖에 되지 않아 바닥에 몸을 거의 붙이고 들어가야 했다.

은근히 짜증이 났다.

'대체 이런 위험한 곳에 왜 또 들어가신 거야?'

그때 문득, 틈바구니를 비집고 안으로 들어가는 사부의 삼십여 년 전 모습이 그려졌다.

자신은 저 안에 무엇이 있는지 대충이라도 알고 있다. 그러나 사부는 아무것도 모르는 상태에서 들어갔을 것이다.

자칫하면 무너질지도 모르고, 갑자기 바닥이 푹 꺼질지 모르는 위험한 곳에. 사문을 일으키겠다는 일념만으로!

그리고 나중에는 제자에게 뛰어난 무공을 찾아주겠다며 들어갔다.

그런데 자신은 어떠한가? 사부의 행동에 짜증이나 내고 있지 않은가.

갑자기 가슴이 찡하니 울렸다.

'사부님!'

사도무영은 더 이상 짜증내지 않고 안쪽으로 기어 들어갔다.

어둠은 그에게 큰 방해가 되지 않았다.

처음에는 시력을 집중해서 어둠을 꿰뚫어 보았다. 그러다 막연히 '신안을 뜨면 혹시 어둠속도 볼 수 있지 않을까?' 하는 생각을 했다. 남이 못 보는 것을 볼 수 있는 눈이 신안 아닌가 말이다.

한데 신기하게도, 신안을 뜨니 공력을 따로 집중할 필요도 없이 어둠을 대낮처럼 볼 수 있었다.

신안의 효능을 또 하나 깨달은 사도무영은 조금 밝아진 기분으로 경사면을 내려갔다. 전보다 훨씬 빠르게.

그렇게 얼마를 갔을까. 경사가 완만해지는가 싶더니, 높이도 조금씩 높아졌다.

그리고 곧, 뭔가 이질적인 물체가 보이기 시작했다. 오래된 건물의 파편들이었다.

"다 왔구나."

참으로 절묘했다. 이 장 높이의 암석이 기둥처럼 양쪽을 받쳐주고, 그 위에 거대한 암반이 떨어진 듯했는데, 회천도문의 옛터로 짐작되는 건물은 완전히 부서진 채 암반 아래에 주저앉아 있었다. 마치 놀라서 그 자리에 주저앉은 것처럼.

사도무영은 주위를 둘러보았다.

이제 사부가 이 안에 있을 거라는 생각은 버린 상태였다. 그저 흔적이라도 남아 있지 않을까 하는 생각뿐이었다.

사문의 옛 건물 파편은 사부가 대충 구석으로 치워놓은 상태. 한데 언뜻 저만치 시커먼 구멍이 보였다.

가까이 다가가자 가로세로 여섯 자 정도의 네모난 구멍이 뚫려 있었는데, 전에는 계단이었던 것으로 보이는 각진 돌들이 아래쪽으로 층층이 쌓여 있었다.

사부가 말한 건물 밑의 지하로 향하는 곳인 듯했다.

지하에는 수백 권의 책이 차곡차곡 쌓여 있었다. 흐트러진 것을 사부가 하나하나 살피며 쌓은 듯했다. 바위에 깔린 것도 일일이 꺼내서.

거의 모두가 도경이었고, 일부 무공에 대한 것도 있었는데, 기초적인 것뿐이었다.

그가 한 시진에 걸쳐 다시 살펴봤지만, 사부가 말한 회천도문의 비전무공에 대한 것은 하나도 없었다.

'사부님이 가지고 갔나?'

실망한 사도무영은 몸을 일으켰다.

사부님이 오죽 세세히 살펴봤을까. 그 생각을 하니 시간만 아까웠다.

한데 몸을 돌리던 사도무영은 멍하니 한 곳을 바라보고 굳어버렸다.

"이, 이런……."

길게 쪼개진 석벽에 글자가 적혀 있었다. 뾰족한 뭔가로 대충 흘겨 쓴 것이었는데, 다른 사람도 아닌 사부가 남긴 글이었다.

사흘 동안 찾아봤지만 쓸 만한 게 없다. 그냥 돌아갈까?

실망감에 지친 낙서에 불과했다. 문제는 그 다음 내용이었다.

구천신교, 구천신교, 구천신교……. 가봐?

'구천신교'라는 글자가 반복적으로 계속 쓰인 끝자락에 어떤 결정을 내린 것처럼 제법 뚜렷한 글자가 새겨져 있다.

'혹시 구천신교를 찾아간 거 아닐까?'

그럴지도 몰랐다.

정작 문제는 사부가 떠난 시기였다.

풍허도인의 말에 의하면 이 년 전부터 보이지 않았다고 했다. 그때 이미 이곳을 떠났다는 말이다. 술을 몽땅 훔쳐 먹고서.

그런데, 구화산에 돌아오지 않았다.

구천신교가 저 멀리 서역에 있다 해도 충분히 갔다 올 시간이거늘.

'젠장! 구천신교를 찾으려다가 무슨 일이 생긴 게 분명해!'

아니, 못 찾았으면 그냥 돌아오면 되지, 구천신교는 왜 조사한단 말인가? 그 위험한 곳을!

'망할 놈의 구천신교! 사부님 몸에 생채기 하나만 있어봐라!'

사도무영은 울컥 한 기분에, '구천신교'라고 적힌 부분을 주먹으로 후려쳤다.

쾅!

와르르르…….

길게 쪼개진 석벽이 뒤쪽으로 무너졌다.

그 충격에 천장에서 돌조각이 우수수 떨어졌다.

사도무영은 뒤로 물러서려다가 흠칫하며 멈춰 섰다. 석벽이 무너진 곳 뒤쪽에 또 다른 공간이 있는 게 아닌가!

"뭐, 뭐야?"

한데 그때였다.

우르르릉.

갑자기 주위가 흔들리고 천장에서 돌조각이 떨어졌다.

혹시 지진이 아닐까?

그럴 수도 있었다. 아니면 자신이 주먹으로 석벽을 치는 바람에 겨우 버티고 있던 공간이 무너지는 것일 수도 있고.

사도무영은 꼼짝도 못하고 천장을 쳐다보았다.

만일 이대로 천장이 무너진다면 어떻게 되는 걸까?

그가 아무리 강심장이어도 겁나지 않을 수 없는 상황이었다.

그러나 다행히도 흔들림은 오래가지 않았다.

"휴우……. 깔려 죽는 줄 알았네."

안도의 한숨을 내쉰 사도무영은, 그제야 석벽 뒤쪽의 공간을 살펴보았다.

공간 한가운데 제단처럼 생긴 석대가 보였다. 그 위에는 가로세로 한 자가 조금 넘을까 싶은 함이 하나 놓여 있었는데, 높이는 그리 높지 않았다.

무너진 벽을 넘어서 안으로 들어가 보았다.

비밀석실은 그리 크지 않았다. 사방 일 장 정도. 벽은 여기저기 금이 가고, 무너지기 직전인 듯 밀려나온 곳도 있었다.

언뜻 정면 벽에 두 개의 커다란 글자가 보였다.

금옥(禁獄)

뭔가를 가두었다는 뜻. 그런데 뭘 가두었다는 걸까?
좌우를 둘러보던 사도무영은 석벽을 보고 흠칫하며 표정이 굳어졌다.
그물처럼 금이 간 양쪽 벽면에 주사(朱沙)로 쓴 주문(呪文)이 빼곡히 적혀 있었다.
부적을 적을 때 쓰는 전자(篆字)로 쓰여 있어서 읽기가 쉽지 않았다. 그러나 대충 읽은 대로라면, 대부분이 사악한 마령의 금제를 위해 쓰는 주문인 것 같았다. 그것도 일반 주문이 아닌 최상급의 주문.
사도무영은 정체를 알 수 없는 한기가 모공을 통해 스며드는 기분이었다.
왜 이런 장소가 회천도문의 지하에 비밀스럽게 만들어져 있는 걸까?
고개를 돌려 석대 위의 함을 쳐다보았다.
기이한 느낌이 본능 저 깊은 곳에서 스멀거리며 피어올랐다.
석대 앞으로 다가간 그는 함을 내려다보았다.
뚜껑 전면에 짧은 글귀가 적혀 있었다.

　　회천도문의 제자들은 열람을 금(禁)하노라. 보는 자, 나락의 수렁에 빠져 억겁의 고뇌에 휩싸이리니…….

행여나 망혼진인이 그렇게 찾으려고 했던 회천도문의 무공이 적힌 비급인 줄 알았는데, 그것이 아닌 것 같았다.

 '뭔데 이리 무시무시한 글을 남겨서 보지 못하게 한 거지?'

 이중 석벽을 만들고 그 안에 보관해 놓은 것만 봐도 보통 물건이 아니라는 것 정도는 짐작하고도 남았다.

 한데 어차피 열람도 못하게 할 물건을 왜 보관해 놓은 걸까?

 그리고 저 주문은 또 뭐고?

 한참을 생각한 사도무영은 책자를 살펴보기로 작정했다. 회천도문의 제자는 열람을 금한다고 했지만, 이제 가면 언제 또 올지 몰랐다.

 설마 안에 든 것을 좀 봤다고 무슨 일이 벌어지겠어?

 그런 생각도 들었고.

 깊게 숨을 들이마신 사도무영은 함의 뚜껑을 천천히 열었다.

 딸깍.

 뚜껑이 열리자, 누렇게 변색된 양피지 책자가 눈에 들어왔다.

 순간이었다.

 "헛!"

 사도무영의 입에서 단말마 같은 경악성이 터져 나왔다.

 꿈에도 생각지 못했던 모습이 겉장에 그려져 있었다.

 글자는 한 자도 없었다. 보이는 건 오직, 눈뿐이었다.

흠 하나 없는 완벽한 두 개의 눈!

그 눈을 본 순간, 한줄기 전율이 뇌리에서 발끝까지 치달았다.

'신안이다!'

찰나였다! 양피지에 그려진 두 눈이 점점 밝아지는가 싶더니 붉은 광채를 뿜어냈다.

그리고 그 붉은 광채는 순식간에 사도무영의 눈 속으로 스며들었다.

워낙 찰나 간에 벌어진 일이어서, 사도무영 자신도 착각인지, 아니면 정말 일어난 일인지 감이 안 잡혔다.

하지만 그는 알지 못했다. 자신의 흑진주처럼 영롱하던 동공이 이미 붉게 변해 있다는 걸. 자신의 몸이 의지를 떠나 제멋대로 움직이고 있다는 걸.

사도무영은 무언가에 홀린 듯 느릿한 동작으로 책자를 한 장 넘겼다.

그곳에는 활활 타오르는 지옥의 불길이 그려져 있었는데, 살과 뼈는 물론이고, 영혼마저 태우는 불길이 천지를 뒤덮고 있었다.

'지옥영겁화(地獄永劫火)?'

불길 속에서 글자가 보였다. 다른 사람은 절대 볼 수 없는, 읽을 수도 없는, 오직 신안을 지닌 자만이 보고 읽을 수 있는 글자였다.

지옥의 불길은 아홉 장이 넘어갈 때까지 계속 이어졌다. 글자는 각 장마다 아홉 자씩 쓰여 있었다.

그도 모르는 사이, 아홉 장에 그려진 불길의 형상과 여든한 자의 글자가 그의 뇌리 속에 새겨졌다.

그리고 열 장을 넘기자 그림이 바뀌었다.

뇌성벽력에 산이 무너지고, 바다가 갈라졌다. 그러더니 결국 하늘마저 갈라지며 유성이 비처럼 쏟아졌다.

세상의 종말.

지옥의 불길과는 또 다른 공포가 엄습했다.

'지옥멸신뢰(地獄滅神雷).'

그것은 모두 일곱 장이었다. 일곱 자씩 모두 마흔 아홉 자가 적혀 있었는데, 그 역시 사도무영의 뇌리에 도장을 찍듯이 새겨졌다.

펄럭.

마침내 또 한 장이 넘어가고, 마지막 장이 모습을 드러냈다.

피로 칠한 듯 검붉은 그곳에는 그림이 없었다. 대신 처절한 한이 한 글자 한 글자에 그대로 느껴지는 글이 쓰여 있었다.

나의 위대한 능력을 두려워한 세상은 내가 가장 믿는 친구를 시켜 내 심장에 검을 꽂고, 사랑하는 여인을 꼬드겨 내 몸을 독탕에 집어넣게 했도다. 그것으로도 두려움을 떨치지 못한 그들은 나를 일천 장 지하의 화구 속으로 밀어 넣었으니, 그 한을 어찌 이루 말로 다 표현할 수 있으랴!

정(正)이라는 이름하에 협잡과 배신을 일삼은 자들이여,
그대들에게 진정한 지옥을 보여주리라!
 천상천하에 지옥의 저주가 내리리니, 마안(魔眼)을 지녀
지옥의 힘을 얻은 자여! 겁화(劫火)로 지상을 소멸시키고,
뇌정(雷霆)으로 천상을 멸하라!

 마지막 장을 읽는 내내 정체를 알 수 없는 기이한 기운이 스멀거리며 그의 몸을 잠식했다.
 바로 그 순간, 굉량한 목소리가 머릿속에서 울렸다.
「드디어 지옥천종의 후예가 탄생했도다! 우하하하하하하! 천하여, 경배할 지어다!」
 하지만 곧 그의 심장과 뇌리에서 격렬한 거부반응이 일어났다. 회천선기와 현천수호령이 허락도 없이 스며든 기운을 밀어내기 시작한 것이다.
 바로 그때였다. 무천진인의 분노에 찬 목소리가 터져 나왔다.
「감히 누가 본문의 제자를 후예로 맞이한단 말이더냐!」
「너는 누구냐? 감히 누가 지옥의 문이 열리는 걸 방해하는 것이냐!」
「이놈은 우리 회천도문의 제자이니라! 너 따위 사도의 무리가 후예로 삼을 수 있는 사람이 아니니라!」
「뭐라? 너 따위 사도의 무리? 어디서 하찮은 도문이 감히 위대한 지옥천종의 위대함을 모욕한단 말이냐!」

「흥! 지옥천종? 이름이 촌스러운 걸 보니 알만하구나!」
「회천도문 따위는 감히 지옥천종에 비교할 수가…….」
「헛소리 하는 걸 보니 제정신이…….」
 머릿속에서 무천진인과 정체를 알 수 없는 기운이 다투고, 현천수호령이 날뛰기 시작했다.
 찰나 간에 세 줄기 기운이 서로 뒤엉켰다.
 극렬한 고통이 밀려들며 몸이 덜덜 떨렸다.
 사도무영은 무의식중에도, 자신의 몸 안에서 자신의 의지와 상관없이 세 줄기 기운이 다투자 분노가 끓어올랐다.
 그때만큼은 조사도, 현천수호령의 영기도, 정체불명의 기운도 다 필요 없었다.
 주인은 가만히 있는데, 왜 자기들끼리 싸운단 말인가?
 "그마아아아아안! 내 의지에 따르기 싫으면 다 나가!"
 사도무영은 악을 쓰며 뒤엉킨 기운을 밖으로 뿜어냈다.
 신안에서 시퍼런 기운이 번갯불처럼 번쩍였다.
 콰아아아아!
 쩌저저적!
 앞에 있던 석대가 가루로 변하고, 그 위에 있던 함과 양피지 책자도 먼지로 화했다.
 그뿐이 아니었다. 금옥의 사방 공간이 폭발이라도 한 것처럼 터져나갔다.
 콰광!

몸속이 텅 빈 기분.

그 직후 신안이 제자리로 돌아가고, 머릿속이 환하게 밝아지는가 싶더니, 사물이 희미하게 보이기 시작했다. 폭발의 충격 덕분에 무의식 상태에서 벗어난 것이다.

눈을 몇 번 깜박인 사도무영은 미간을 좁히며 조금 전의 일을 떠올리려 했다.

한데 이상했다. 세 가지 기운이 뒤엉킨 것은 어렴풋이 기억났다. 하지만 그게 전부였다.

뭔가를 본 것 같은데, 무슨 일이 있었던 것 같은데, 아무리 머리를 쥐어짜도 기억이 떠오르지 않았다.

'내가 뭘 보긴 봤는데……?'

그때였다.

우르르르릉!

공동(空洞) 전체가 흔들리고, 천장에서 제법 큰 돌들이 떨어졌다.

아무래도 지탱하고 있던 벽이 무너지자 지하 전체가 영향을 받은 듯했다.

비밀석실에서 나온 사도무영은 정신없이 지하실을 빠져나왔다.

"젠장! 내가 무슨 짓을 한 거야?"

지하가 내려앉으면서 거대한 암반을 받치고 있던 한쪽 암석이 서서히 아래로 꺼지고 있다.

조금만 더 있으면 거대한 암반에 눌리던지, 그도 아니면 틈바구니가 막혀 빠져나가지도 못할 것이었다.

무려 삼십 장 깊이다. 바위의 무게야 말할 것도 없고.

눌리든, 막히든, 빠져나가지 못하면 십중팔구는 이곳에 묻힌다. 죽는다는 말이다.

'여기서 죽을 수는 없지!'

사도무영은 바닥에 납작 엎드린 채 용천풍을 펼치며, 좁은 틈바구니를 기름칠한 미꾸라지처럼 움직이며 빠져나갔다.

그동안에도 뒤쪽에서는 연이어 암석 무너지는 소리가 천둥처럼 들렸다.

우르르릉! 콰과과광!

'사부님!'

이제 남은 거리는 오 장 정도.

그는 마지막으로 벽을 치며 위로 솟구쳤다.

한데 그 순간, 입구의 위쪽에서 커다란 바위가 쩍 갈라지며 내려앉는 것이 아닌가.

평소라면 사량발천근(四兩拔千斤)의 수법을 이용해서 옆으로 밀치고 피하면 될 일이었다. 아니면 바위를 부숴 버리든지.

그러나 장소가 너무 좁았다.

사도무영은 기합을 내지르며 좌수를 휘둘렀다.

"차앗!"

위로 솟구치던 그의 몸에서 회오리바람이 일어나며 떨어지는 바위를 밀어냈다.

막 떨어지려던 바위가 멈칫했다.

그 순간 오른손의 장력이 바위를 밀어올렸다.

바위의 떨어지는 속도가 조금 늦추어지는가 싶더니, 어딘가에 걸려 더 이상 내려오지 않았다.

사도무영은 안도의 한숨을 내쉬며 이마의 땀을 닦았다.

그때였다.

쩌저적.

얼음이 금가는 소리가 나는 듯싶더니, 멈췄던 바위가 다시 밑으로 내려왔다. 바위를 지지하고 있던 곳이 엄청난 무게를 이기지 못한 듯했다.

입구까지 남은 거리는 일 장.

그 거리가 천리 길처럼 느껴졌다. 찰나의 시간도 천 년처럼 느껴졌다.

사도무영은 회천무벽으로 몸을 보호한 채, 전력을 다해 벽을 후려쳤다.

시위를 떠난 화살처럼 튕겨진 그의 신형이 떨어지는 바위와 입구의 틈 사이로 빨려 나갔다.

순간 황소 다섯 마리를 뭉쳐놓은 것만큼 큰 바위가 그의 등을 스치며 떨어졌다.

그리고 쾅! 소리와 함께 틈바구니 속으로 처박혔다.

"흐으……. 조금만 늦었으면……."

자신의 몸이 발에 밟힌 계란처럼 뭉개졌을 것이다.
사도무영은 그 생각을 하니 몸이 절로 떨렸다.
그때였다. 저만치에서 풍허도인의 목소리가 들렸다.
"야 이놈아! 깔려 죽기 전에 달려!"
동시에 갑자기 천둥소리가 나는가 싶더니, 바닥이 밑으로 꺼지기 시작했다.
쿠르르르릉!
'제기랄!'
대경한 사도무영은 땅을 박차고 신형을 날렸다. 그와 동시에 그가 서 있던 곳이 푹 꺼졌다.

젖무덤처럼 생겼던 거대한 바위 일대, 방원 이십여 장이 오 장 가량 밑으로 가라앉았다.
사도무영은 쑥대밭이 된 그곳을 바라보며 고개를 절레절레 저었다. 사문의 옛터가 완전히 묻혀버린 게 아쉽기는 했지만, 그곳에 갇혔을 걸 생각하면 몸이 으스스 떨렸다.
"대체 어딜 갔다 온 거냐?"
옆으로 다가온 풍허도인이 슬며시 물었다.
어차피 이제 다시는 들어갈 수 없는 곳이다. 뭐 바위를 백 장 정도 파고 들어간다면 가능할지 몰라도.
"사부님이 말씀하신 곳에 들어가 봤습니다."
"없지?"

"예."

"내가 뭐라고 하데. 진작 떠났다니까."

"그래도 사부님이 남긴 글이 있었습니다."

"망혼이 남긴 글?"

풍허도인이 궁금하다는 표정으로 사도무영을 빤히 쳐다보았다.

사도무영은 사부를 생각하자 한숨이 절로 나왔다.

이제 구천신교를 찾아야 할 이유가 하나 더 늘었다. 전생부터 구천신교와는 원수가 아닌가 하는 생각이 들었다.

조화설을 생각하면 그건 아닌 것 같기도 하고……

숨을 크게 들이쉰 사도무영은 풍허도인을 쳐다보았다. 풍허도인은 뾰족하게 솟은 바위에 어깨를 기대고 서 있었다.

"왜 그런 눈으로 쳐다보는 거냐?"

'아무리 봐도 정말 똑같이 생겼어.'

사도무영은 힐끔 뾰족한 바위를 쳐다보고는 풍허도인에게 물었다.

"혹시 구천신교의 총단이 어디에 있는지 아십니까?"

"그 미친놈들 있는 곳은 왜 찾는데?"

"찾아야 할 사람이 있어서요. 바람처럼 강호를 떠돌아다니셨으면 아실 것 같은데요."

하지만 풍허도인은 사도무영의 기대를 저버리고 단호하게 고개를 저었다.

"몰라. 아마 아는 사람이 거의 없을걸?"

거의 없다? 그 말은 아는 사람이 있을 수도 있다는 말이 아닌가.

"혹시 아는 사람이 있을까요?"

"그놈이라면 알지도 모르겠는데……."

풍허도인이 말을 흐리며 이맛살을 찌푸렸다. 누군가가 떠오른 듯하다.

"누굽니까? 좀 알려 주시죠. 등선하시기 전에 좋은 일 하는 셈 치고요."

"누굴 찾으려고? 혹시…… 망혼이 거기 간 거냐?"

"아직 확실치는 않습니다만 그럴 가능성도 배제하지는 않고 있습니다."

비록 아껴둔 술을 훔쳐 먹은 나쁜 늙은이지만, 그래도 그에게 며칠 동안 말동무를 해준 망혼이 아닌가.

풍허도인은 머뭇거리며 한 사람의 이름을 꺼냈다.

"만귀자(萬鬼子) 종리곽이라면 대충은 알걸? 그놈도 그 미친 놈들과 비슷한 종자니까."

처음 듣는 명호였다. 하지만 중요한 건 그의 유명세가 아니었다.

"어디에 사십니까?"

"동정호 삼령도에 가면 만날 수 있을 거다. 그런데 네가 명심할 게 있다. 키라고 해봐야 난쟁이똥자루 만한 게 성질 하나는 지랄 맞아서, 어지간해선 입을 안 연다. 그러니 만나자마자 곧바로 제압해서 나무에 거꾸로 매달아라. 시간을 주면 진법을 펼쳐서 그 안에 숨어버릴지 모르니까."

"꼭 나무에 거꾸로 매달아야만 합니까?"

"그놈은 거꾸로 매달리는 걸 제일 무서워하거든."

"그건 제가 알아서 하지요. 좌우간 가르쳐 주셔서 고맙습니다."

사도무영이 포권을 취하며 허리를 숙이자, 풍허도인은 염소 수염을 쓰다듬으며 흐뭇하게 웃었다.

"뭐 그 정도야……. 허허허허."

그러고는 넌지시 말했다.

"근데 그 안에서 뭐 얻은 거 없냐? 망혼이나 네가 위험을 무릅쓰고 들어갈 정도면 뭔가 귀한 게 있으니 들어갔을 거 아니냐?"

두 개 얻었으면 하나 줘, 그런 말투였다.

그러나 사도무영은 그에게 줄 것이 없었다. 자신이 본 것을 말해주고 싶어도 그럴 수가 없었다.

그가 기억하고 있는 것은, 마지막 장의 글귀뿐이었다. 그 말을 듣는다면, 풍허도인은 자신을 이상하게 볼 것이 자명했다. 죽이겠다고 설칠지도 모르고.

'세상의 평화를 위해 너를 죽이리라!' 하면서.

사도무영은 당시의 상황이 떠오르자 머리가 지끈거렸다.

'대체 그자가 누군데 그런 무시무시한 글을 남겨놨을까?'

자신이 신안으로 알고 있는 걸 그는 마안이라고 했다. 같은 것을 다르게 부르는 것 같았다. 아니면 비슷한 종류든지.

어쨌든 중요한 점은, 그가 마안을 안다는 것이었다.

그도 마안을 지녔던 걸까?

세상에는 그런 눈을 지닌 사람, 그런 능력을 지닌 사람이 몇이나 될까?

그동안 알게 모르게 자신을 남다르다 생각했다. 조금은 자만한 감도 없지 않았다. 조사의 무공만 완성하면 천하를 오시할 수 있지 않을까? 그렇게 생각하면서. 회천도문의 무공은 그만큼 대단했으니까.

그런데 세상은 자신이 생각했던 것보다 훨씬 더 넓은 것 같다. 보이지 않는 곳에 자신이 모르는, 누구도 모르는 능력자들이 존재하는 것 같다는 생각이 든다.

'사실 초대조사님만 해도 회천수혼이라는 걸 남길 정도의 능력을 지니셨으니······.'

회천도문의 역대조사들 중 강호에 이름이 알려진 자는 서너 명에 불과했다. 그렇다고 나머지 조사들이 무능했냐 하면 절대 아니었다. 그저 세상에 나서지 않았을 뿐.

사도무영은 고개를 들어 저 멀리, 눈 덮인 사고랑산 쪽을 쳐다보았다.

비천봉이 일대를 제압하며 우뚝 솟아 있지만, 저 앞의 사고랑산 주위에 펼쳐진 봉우리와 비교하면 그저 작은 동산일 뿐이다. 거기다 사고랑산보다 높은 산은 또 천하에 얼마나 많던가.

그는 자신이 꼭 비천봉인 것처럼 느껴졌다.

그때 문득, 자신이 쳐다보는 곳에 또 하나의 봉우리가 있다는 게 떠올랐다.

위지양, 바로 그가.

'형님은 도착했는지 모르겠군.'

산을 대여섯 개 넘어야 한다고 했다. 아직 도착하지 않았을 수도 있었다.

'언젠간 만날 수 있겠지.'

그때 풍허도인이 사도무영의 회상을 깼다.

"여기 언제까지 있을래?"

2.

풍허도인은 사도무영이 바로 떠난다고 하니 조금 아쉬운 표정을 지었다. 심심한데 며칠 말동무나 해주고 가지, 그런 표정이었다. 하지만 사도무영은 그럴 마음의 여유가 없었다.

반나절에 걸쳐 첩첩산중을 빠져나온 사도무영은 그날 저녁 무렵이 되어서야 성도 외곽에 도착했다.

성도에서 배를 타고 민강을 따라 내려가면 장강과 만난다.

장강을 타고 가면 동정호까지 곧바로 갈 수 있을 터였다.

"후우, 이틀 만인데도 꼭 일 년 만에 온 것 같군."

정신없이 보낸 이틀이었다. 기쁨도 있었고, 실망도 했고, 위험도 겪었다.

하지만 앞으로가 더 문제였다.

동정호에 가서 종리곽을 만난다 해도 구천신교의 위치를 알아낼 수 있다는 보장이 없다. 그럼 제갈신운을 찾아가 추적이 어떻게 되고 있는지 알아봐야 한다.

대체 언제까지 그들의 꽁무니만 쫓아다녀야 한단 말인가?

'이러다 언제 화설 누이와 사부님을 구하지?'

사도무영은 이마를 잔뜩 찌푸린 채 대로로 들어섰다. 어차피 이 밤중에 배를 띄우는 사람은 없을 터. 날이 샐 때까지 기다려야 했다.

주위를 둘러보던 그는 객잔의 표기가 보이자 그곳으로 걸음을 옮겼다.

성 안으로 들어가 좀 더 좋은 곳을 찾아볼 수도 있었지만, 도원객잔이라는 이름이 마음에 들어 더 찾아볼 생각도 하지 않았다. '도원'이라는 단어를 보니 위지양이 떠오른 것이다.

'형님과의 만남도 운명이라면 운명이지.'

사도무영은 조용히 웃으며 객잔의 입구로 다가갔다.

"거기, 잠깐만 서 보시오."

옆쪽에서 누군가를 멈춰 세우는 소리가 들렸다. 금방 죽을 것처럼 힘이 없는 목소리였다.

　사도무영은 설마 누가 자신을 부르랴 싶었다. 성도에는 아는 사람이 없으니까.

　그런데 멈춰 서지 않고 객잔으로 들어가려고 하자, 다시 부르는 소리가 들렸다.

　"이, 이보시오……."

　사도무영은 고개를 돌려 목소리가 나는 곳을 바라보았다.

　객잔 건물 옆의 어두운 골목 안에 한 사람이 주저앉아 있는 게 보였다.

　그의 옆에는 한 마리 말이 서 있었는데, 그가 주인인 듯 말은 그의 옆을 떠나려 하지 않았다.

　처음에는 술에 취한 것이 아닌가 했다. 하지만 곧 그게 아님을 알았다. 온몸이 피에 젖어 있었던 것이다.

　사도무영은 방향을 틀어 골목으로 다가갔다.

　객잔 건물에 등을 기댄 채, 고개를 돌리고 있던 자의 얼굴에 언뜻 안도의 표정이 떠올랐다.

　"어찌된 일이오?"

　"나는 남충 소양산장의 여응이라 하오. 이것과 말을 드릴 테니 부탁 하나만 합시다."

　여응이란 자는 덜덜 떨리는 손으로 품속에서 주머니 하나를 꺼냈다. 그는 그걸 주머니째 내밀고 사도무영을 쳐다보았다.

　사실 그에게는 모험이라 할 수 있었다. 부탁을 들어주지 않고 그냥 돈과 말만 챙길 수도 있었으니까.

하지만 다른 방법이 없었다. 믿을 만한 사람을 찾기는 힘들고, 더더군다나 시간이 없었다. 그나마 표정을 봐서 악한 자는 아닌 것 같으니 일단 믿어보는 수밖에.

사도무영은 주머니와 말을 번갈아 보고 의아한 표정으로 물었다.

"무슨 부탁인데……?"

"한 사람을 찾아가 내 말을 좀 전해 주시오."

어차피 아침까지는 시간이 있었다. 말을 전해주는 것쯤이야 어려울 것도 없었다.

하지만 그 전에 부상자의 몸을 살피는 게 먼저였다.

"잠깐만 기다려 보시오. 일단 상처부터 손봅시다."

여응은 느릿하게 고개를 저었다. 그러더니 손으로 누르고 있던 배를 보여주었다.

'저런.'

배가 갈라져 내장이 흘러나왔다. 게다가 독상을 입었는지 피가 검게 변색되었다. 지금까지 살아 있는 게 다행일 정도였다.

사도무영은 굳은 얼굴로 여응을 바라보았다.

저런 지독한 상처를 지니고 남충에서 여기까지 온 사람이다. 그런 사람의 부탁을 어찌 외면할 수 있단 말인가.

"말해 보시오. 누구에게 무슨 말을 전해줘야 하오?"

"낙산의 양원정이라는 분에게……, 소양산장과 영화문

이…… 피로 씻겼다고…… 알려 주시오."

여응의 목소리가 점점 작아졌다. 마지막 소리는 거의 들리지 않았다.

낙산이라면 민강을 타고 내려가다 보면 나오는 곳. 다행히 자신이 가는 길과 어긋나지는 않을 것 같다. 게다가 양원정이라면 사천삼봉 중 한 사람인 낙산대호의 이름이 아닌가.

그라면 억지로 시간을 내서라도 한 번쯤 만나볼 만한 사람이었다.

내심 잘 되었다 생각한 사도무영은 급히 여응의 맥문을 잡고 진기를 넣어주었다. 잠깐 사이, 여응의 숨소리에 힘이 실렸다. 감겨 가던 눈도 다시 뜨였다.

여응은 경악한 표정으로 사도무영을 바라보더니, 희망이 담긴 눈빛으로 마저 말을 이었다. 자신의 말이 전달될 거라는 확신이 든 것이다.

"삼월보의 소행이오. 한데 아무래도 그들 단독으로 일을 저지른 것 같지가 않소. 배후에 누군가가 있지 않고서야…… 전쟁을 할 생각이라면 몰라도……."

삼월보(新月堡)는 사천을 중심으로 활동하는 마도 문파로 마도십삼파 중 하나였다. 비록 소양산장과 영화문이 중소문파에 불과하다지만, 그들 역시 정파에 속한 문파. 삼월보가 대놓고 그들을 쳐서 몰살시켰다는 건 결코 단순한 일이 아니었다. 당가와 청성, 아미파가 가만있지 않을 테니까.

'배후?'

그 말을 들으니, 왠지 짙은 혈향이 느껴졌다.

마도십삼파 중 하나인 삼월보의 배후 역할을 할 수 있는 곳이 몇 곳이나 되겠는가.

'혹시 구천신교가?'

가능한 일이었다. 그렇다면 남의 일이라고만 할 수가 없었다.

"더 남길 말은 없소?"

사도무영은 여응의 맥문에 계속 진기를 주입하며 물었다. 맥이 거의 끊어지기 직전이었다.

"덕분에…… 마음 편히…… 죽을 수……. 고맙……소."

여응은 미소를 지은 채 마지막 말을 맺었다. 그리고 조용히 숨을 멈췄다.

사도무영은 착잡한 표정으로 여응을 내려다보았다.

바닥을 기었는지, 그가 지나온 길이 피로 물들어 있다. 목표를 향해 단 한 걸음이라도 더 가까이 가기 위한 몸부림이 그대로 눈에 들어온다.

그걸 보니 눈이 시렸다. 마음이 아프고 안타까웠다.

'아까운 사람이 죽었군. 당신의 부탁, 내 꼭 들어주겠소.'

사도무영은 여응의 시신을 말안장에 얹고는, 말을 끌고 외곽으로 빠져나갔다. 그리고 십여 리 밖의 야트막한 언덕에 그의 시신을 묻어주었다.

1.

　낙산(樂山)에서 유명한 것을 꼽으라면 사천 사람들은 세 가지를 꼽았다. 하나는 민강과 청의강, 대도하가 만나면서 만들어진 아름다운 자연이었고, 다른 하나는 당나라 때 산을 깎아 만든 낙산대불이었다.
　그리고 마지막 하나는, 낙산장(樂山莊)이었다.
　특히 사천의 강호인들은 아미, 청성, 당가에 낙산장까지 합쳐 사천사세(四川四勢)라 칭하기를 주저하지 않았다.
　그건 온전히 양원정이라는 이름 때문이었다.
　사천삼봉(四川三峰) 중 하나이자, 죽림칠절(竹林七絶)의 일인으로 불리는 낙산대호(樂山大豪) 양원정 말이다.

그는 모든 사람들이 인정하는 '대협(大俠)'이었다.

 불과 백 리밖에 떨어지지 않은 곳에 있는 아미파가 낙산장을 인정하고 친구처럼 대하는 것도, 성질 깐깐하기로 유명한 당가가 그에게 한 수 양보하는 것도 그가 대협이기 때문이었다.

 사천에서 친구가 가장 많은 사람.

 양원정이 그리 불리는 것 또한 그가 대협이기에 가능한 일이었다. 사천의 강호인 모두가 그를 친구로 사귀지 못해 안달이었으니까.

 그러함에도 그는 절대 낙산장의 규모를 키우지 않았다.

 낙산장이 커지면 삼파와 불화가 일 것이고, 자칫하면 그로 인해서 많은 사람들이 다칠지 모른다는 이유였다.

 스스로를 낮추고, 다른 사람을 먼저 생각하고, 불의에는 목숨을 걸고 나서는 사람. 그게 양원정이었다. 또한 양원정은, 자신이 친구라 생각했으면 하찮은 지위에 있는 사람이라도 괄시하지 않았다.

 한번은 당가가 양원정의 친구인 가난뱅이 노학사를 핍박한 적이 있었다. 아무런 잘못도 없는데. 불같이 노한 양원정은 혈혈단신으로 당가를 찾아갔다. 상관없는 사람들이 그 일에 끼어들면 사천에 피가 흐를지 모른다면서.

 결국 당가는 일백 명이 양원정을 둘러쌌지만, 검을 빼들고 눈썹 하나 까딱하지 않는 그에게 사과하지 않을 수 없었다.

 양원정을 죽이거나, 그에게 수모를 주면 사천의 강호인들

수천 명이 들고 일어날지 모르니까.

 그러면서 죽이지 못할 거라는 걸 알고 찾아왔다며, 더러워서 피한다며 화를 삭였다. 하지만 당시 양원정은 친구들에게, 자신이 죽어도 절대 당가와 전쟁을 벌이지 말라는 유서를 남겨 놓고 당가를 찾아갔다고 한다.

 나중에 그 사실을 안 당가의 가주 당천민은 직접 낙산장으로 찾아갔다. 그리고 진심으로 양원정에게 고개를 숙였다.

 낙산대호.

 낙산의 사람들은 그가 낙산에 있다는 것을 자랑으로 생각했다. 또한 낙산장이 있다는 것에 항상 안심하며 하루를 보냈다. 낙산장 인근 삼십 리 안에서는 강호인들끼리의 칼부림이 일어나지 않으니까.

 그런 낙산에 한 필의 말이 들어선 것은 아직 날이 밝지도 않은 새벽녘이었다. 안장이 피로 물은 말은 새벽 어스름을 뚫고 곧장 낙산장으로 향했다.

 사도무영은 낙산장을 어렵지 않게 찾을 수 있었다.

 오면서 고기잡이 준비를 하는 어부들에게 들은 공적탑이 낙산 입구에서도 보였으니까.

 한데 그가 낙산장에서 백여 장 떨어진 곳에 이르자 몇 사람이 그의 앞을 막았다.

 "잠깐 멈추시오!"

 사도무영은 고삐를 잡아채 말을 세우고, 자신의 앞을 막아선 자들을 바라보았다.

막아선 자들 중 하나가 앞으로 한 걸음 나섰다. 얼굴이 길쭉하고 등에 한 자루 검을 맨 자였는데, 그는 낙산장 경비단의 제 삼조장인 유근이었다.

"낙산장을 찾아오신 거요?"

"그렇습니다."

"무슨 일로 오신 거요?"

"양 대협을 뵙고자 왔습니다."

"장주님을? 이렇게 이른 시각에 말이오?"

"시간이 이르긴 하나, 급하게 전할 말이 있어서 새벽임에도 성도에서 여기까지 달려왔습니다."

"성도에서? 얼마나 급한 일이기에……."

"소양산장과 영화문이 멸문을 당했습니다. 자세한 소식을 양 대협께 전해달라는 부탁을 받고 왔으니 길을 터주시지요."

세 사람의 눈이 한껏 커지고, 경악한 유근이 다급히 되물었다.

"소양산장과 영화문이? 그게 사실이오?"

"그렇습니다. 소양산장의 무사인 유응이란 사람이 죽어가면서 그에 대한 소식을 양 대협께 전해달라고 했습니다."

세 사람 중 입술이 얇고 눈초리가 살짝 치켜 올라간 자가 믿을 수 없다는 표정을 지었다.

"말도 안 되는 소리. 소양산장과 영화문이 비록 대문파는 아니지만, 나름대로 튼실한 힘을 지닌 곳인데 어떻게 동시에 멸문을 당할 수 있단 말이오?"
"내가 그럼 거짓말이라도 했단 말입니까?"
"믿을 수 있는 말을 해야 믿지, 그런 말을 어떻게 믿으란 말이오?"

사도무영은 입구에서부터 막히자 조금 답답한 마음이 들었다.

잠도 안 자고 삼백 리 길을 달려왔다. 여응이 원하는 바를 들어주기 위해서. 그런데 낙산장의 정문도 구경 못하고 앞이 막히다니.

그렇다고 무작정 뚫고 갈 수도 없는 일. 일단 마음을 가라앉히고 유근을 향해 약간의 불만을 내비쳤다.

"낙산장은 친구를 마다하지 않는 곳이라 들었습니다만, 방문 이유까지 세세히 알려줘야만 들어갈 수 있는 곳인 줄은 미처 몰랐군요."

듣는 입장에 따라서 비꼬는 투로 들릴 수 있는 말이었다.

아니나 다를까, 나중에 입을 연 자가 눈을 부라리며 받아쳤다.

"자신의 주제도 모르고 찾아오는 자들이 너무 많아서 그런 거외다. 가끔 거짓말을 하는 자들도 있고. 우리로선 사람을 가려 받을 수밖에."

사도무영의 목소리가 무심하게 가라앉았다.

"제가 알고 있는 낙산장과는 조금 다르군요."
"그대 같은 자에게나 그렇게 느껴지겠지."

분위기가 이상해지자, 유근이 끼어들었다.

"추인, 그만 하게. 어쨌든 손님이 아닌가?"

'추인'이라 불린 자는 치켜 올라간 눈초리로 사도무영을 째려보며, 유근 때문에 별수 없이 참는다는 듯 말했다.

"알겠습니다, 형님. 제가 참죠."

사도무영도 더 이상 그를 상대하지 않고 유근을 쳐다보았다.

"그럼 들어가 봐도 되겠습니까?"

"들어가도 되긴 하오만, 말에서 내려 끌고 가시오."

아마도 양원정을 공경하는 의미에서 하마의 법이 있는 듯했다. 이곳의 법이 그렇다면 따르면 될 일. 사도무영은 고집을 피우지 않고 말에서 내렸다.

한데 말에서 내린 사도무영이 말을 끌고 낙산장으로 가려 하자, '추인'이란 자가 손을 들어 올리며 나섰다.

"잠깐만!"

사도무영은 걸음을 멈추고 그를 바라보았다.

"또 무슨 일입니까?"

경추인이 말을 살펴보며 말했다.

"안장의 이 피는 뭐요? 이 말, 정말 당신 말이오?"

닦아낸다고 닦아냈는데, 워낙 많이 묻어서 완전히 지워지지 않은 듯했다.

"저에게 그 소식을 전해달라고 부탁한 사람이 타고 있던 말이어서 그럴 뿐입니다."

"흥! 피 묻은 말을 타고 이 새벽에 오다니. 아무래도 수상한 자군."

사도무영은 쓸데없는 말다툼으로 시간을 지체하고 싶지 않았다.

"수상하면 저를 따라와서 확인해 보시지요. 저는 안으로 들어가서 양 대협을 만나봐야겠습니다."

사도무영이 그렇게 말하고 낙산장으로 가려 하자, 경추인이 재빨리 앞을 막아섰다. 그러고는 옆구리의 칼을 뽑아들고 코웃음 쳤다.

"흥! 여기가 어디라고 네 맘대로……."

하지만 그가 말을 끝내기도 전, 사도무영이 걸음을 옮기며 우수를 휘둘렀다.

경추인의 행동은 당랑거철에 불과했다. 단숨에 패대기칠 수도 있지만, 사도무영은 그를 치우는 정도로만 손을 썼다.

경추인은 몸을 짓누르는 거대한 압력에, 신음을 토해내며 주르륵 밀려났다.

"크읍!"

"추인, 괜찮은가? 이게 무슨 짓이오!"

재빨리 사도무영의 앞을 막은 유근이 소리쳤다.

사도무영은 차가운 눈빛으로 유근을 바라보며 말했다.

"당신들과 더 이상 쓸데없이 말다툼할 시간이 없습니다. 저에게 이 일을 부탁한 사람을 위해서라도, 당신들이 앞을 막는다면 힘으로 밀고 들어갈 것입니다."

"낙산장이 우격다짐으로 들어갈 수 있을 만큼 우습게 보인단 말이오?"

낙산대호의 협명을 생각해 소란을 일으키고 싶지 않았다. 그게 여웅에게도 도움이 될 테니까. 그러나 언제까지 언쟁만 하고 있을 수는 없었다.

사도무영은 더 이상 대꾸하지 않고 다시 걸음을 옮겼다.

그때였다. 낙산장 쪽에서 십여 명이 날듯이 달려오며 사도무영이 있는 곳을 향해 질책했다.

"무슨 일인데 새벽부터 소란인가?"

경추인이 힘을 얻은 듯 그들을 향해 소리쳤다.

"수상한 자가 경비조를 공격하고 장원으로 들어가려고 해서 막고 있는 중입니다!"

"뭐야? 이곳이 어디라도 감히 무력을 앞세운단 말이냐!"

"저희들이 가까스로 막고 있습니다만, 제법 강해서 막기가 쉽지 않습니다."

"우리가 처리할 테니 물러서라!"

사도무영은 은근히 짜증이 났다.

"역시 소문이란 것은 곧이곧대로 믿을 것이 못되는군. 낙산대호는 어떨지 몰라도, 낙산장은 기대했던 것보다 못해."

유근이 그 말을 들었는지, 이맛살을 찌푸리며 분노를 드러냈다.

"말을 삼가시오!"

사도무영의 눈이 유근을 향했다.

"나무가 크면 가지가 많아지고, 가지가 많아지다 보면 병든 가지가 생기기 마련. 병든 가지를 제때 쳐주어야 나무가 탈 없이 자라거늘, 아무래도 낙산장은 가지치기를 소홀히 한 것 같군요. 그렇게 하지 못할 것 같으면 처음부터 병들지 않게 세심히 신경 썼어야 하거늘……."

눈이 마주친 유근은 움직일 수가 없었다. 마치 동아줄이 온몸을 칭칭 동여맨 듯했다.

그는 그제야 뭔가가 잘못 되었다는 생각이 들었다.

하지만 그가 어떤 행동을 취하기도 전에 낙산장 쪽에서 달려온 자들이 현장에 도착했다. 그리고 그보다 경추인이 먼저 나서서 입을 열었다.

"고 당주님! 저자가 타고 온 말안장에 많은 피가 묻어 있습니다. 보시지요."

덩치가 커다란 중년인이 말을 쳐다보았다.

말안장에 묻은 검붉은 피가 어스름 속에서 확연히 보였다.

그는 사도무영을 쳐다보고는 노한 목소리로 물었다.

"누군데 낙산장에 와서 소동을 피우는 것이냐?"

이름을 말하고, 또 이유를 말하고, 또 이러쿵저러쿵 언쟁하고. 시간이 아까웠다. 그러고 싶지도 않고.

사도무영의 입에서 낙산장 사람들이 상상도 못했던 말이 튀어나왔다.

"시간이 없으니 그만 양 대협을 만나러 가봐야겠습니다. 막든 말든, 그건 알아서 하시길."

고위량은 어이가 없었다. 자신이 제대로 들은 것인지 의문이 들 지경이었다.

"방금 뭐라고 했느냐?"

사도무영은 두 번 말하지 않았다.

땅을 박찬 그는 사선으로 날아가서는, 삼 장 떨어진 곳에 있던 경추인의 어깨를 후려차고 낙산장을 향해 날아갔다.

경추인은 빤히 보고도 피할 수가 없었다. 용천풍의 기세에 눌려 꼼짝도 할 수 없었던 것이다.

어깨를 밟힌 그는 비명을 내지르며 그 자리에 주저앉았다.

"크윽!"

"막아라!"

고위량 등이 소리치며 막으려 했을 때는, 이미 사도무영은 그들의 머리 위를 넘어 칠팔 장을 날아간 후였다.

"놈을 잡아!"

고위량이 버럭 소리치며 사도무영의 뒤를 쫓았다. 낙산장의 무사들도 정신없이 그의 뒤를 쫓아 신형을 날렸다. 하지만 시간이 갈수록 간격이 더욱 더 벌어지는가 싶더니, 사도무영이 낙산장 정문에 도착했을 때는 이미 이십 장이나 차이가 났다.

낙산장 정문에 도착한 사도무영은 단숨에 정문 위를 날아 넘었다.

그 순간이었다.

"여기가 어디라고 감히!"

"웬 놈이냐?"

호통과 함께 세 사람이 사도무영을 향해 달려들었다.

삼 장 허공에 떠 있던 사도무영은 달려드는 자들을 향해 쌍장을 휘둘렀다.

콰과광!

대기가 터져나가는 굉음과 함께, 달려들던 세 사람이 뒤로 튕겨졌다. 사도무영이 그들의 정중앙에 내려서자, 순식간에 이삼십 명이 몰려들며 그를 에워쌌다.

사도무영은 고개를 쳐들고는, 안에 대고 소리쳤다.

"양 대협! 어느 정도 큰 소리가 나야 낙산장의 잠을 깨울 수 있습니까? 남충에서 피눈물을 흘리며 쓰러져간 사람들의 울부짖음 정도로는 낙산장의 잠을 깨울 수 없는 겁니까!"

튕겨졌던 세 사람 중 하나가 노성을 내질렀다.

"이놈! 무슨 헛소리냐?"

사도무영의 눈이 그를 향했다. 검은 수염이 목을 덮은 중년인이었는데, 그는 자신이 밀렸다는 게 수치스러운 듯 얼굴이 벌게져 있었다.

"소양산장과 영화문이 삼월보에게 멸문을 당한 것쯤은 낙산장의 잠을 깨우기에 부족한 소식인지 묻는 겁니다!"

"그, 그게 무슨 소리냐?"

"그 소식을 알리기 위해 성도에서 여기까지 쉬지 않고 달려왔거늘, 위대한 낙산장은 깨어날 생각은커녕 귀를 기울일 생각도 하지 않더군요."

"정말 소양산장과 영화문이 멸문을 당했단 말이냐?"

"하하하하! 낙산장에선 이 사람이나 저 사람이나, 사람의 말을 믿지 않고 반문하는 것을 즐기나 보군요."

"네놈이 날벼락 같은 말을 하니 그러는 것 아니냐!"

"제가 그럼 할 일이 없어서, 꼭두새벽에 낙산장에 찾아온 줄 아십니까? 저도 바쁜 사람입니다. 죽어가는 몸으로 간절히 부탁하던 사람만 없었어도 한밤중에 말을 재촉하지 않았을 겁니다."

바로 그때, 장원의 안쪽에서 네 사람이 모습을 드러냈다.

"그가 누군가?"

질문을 한 사람은 네 사람 중 오십 대 중반 정도로 보이는 초로인이었다. 하얀 수염이 가슴까지 늘어진 그는 질문을 하고 곧장 사도무영을 향해 다가왔다.

사도무영은 보자마자 그가 바로 낙산대호 양원정임을 직감했다.

"소양산장의 여웅이란 사람입니다."

"여웅이라면 여 장주의 아들이 아닌가? 그는 어찌 되었는가?"

"중상을 입은 몸으로 성도까지 왔지만, 갈라진 배에서 내장이 쏟아지고, 독상을 입어 더 이상 버티지 못하고 숨졌습니다."

양원정의 눈빛이 파르르 떨렸다.

"나는 양원정이라 하네. 우선 자네에게 미안하다는 말을 먼저 해야겠군. 장원의 사람들이 자네의 진심을 알아보지 못하고 막은 것은 분명 잘못한 거네. 용서해 주게나."

그는 사도무영을 향해 포권을 취하며 고개를 숙였다.

거두절미하고 사과부터 한다. 묻지도 않고, 따지지도 않고, 변명도 않는다. 그것도 아들 나이밖에 되지 않는 젊은 사람에게.

쉽지 않은 행동. 사도무영은 새삼 사천의 강호인들이 왜 양원정을 대협이라 부르는지 어렴풋이 알 것 같았다.

"별말씀을. 저 역시 좀 더 신중하게 일을 처리할 수 있는 걸, 시간이 촉박하다는 이유로 무리한 행동을 한 것 같습니다. 죄송합니다."

"아니네, 아니야. 자네 말대로 시간이 촉박한 일이지. 대처를 일 각 일찍 하면, 그만큼 아까운 생명을 구할 수 있지 않겠는가? 누가 뭐래도 자네의 행동은 정당했네."

양원정은 사도무영의 행동을 당연시하며 사람들을 둘러보았다.

"모두들 돌아가 있으시게. 언제 무슨 일이 있을지 모르니 그 점 명심들 하시고."

이미 소양산장과 영화문의 멸문을 기정사실로 받아들인 상황이다. 사람들은 긴장한 표정으로 예를 취하고 자리를 떴다.

"나와 함께 안으로 들어가세. 좀 더 자세한 이야기를 듣고 싶군."

"알겠습니다."

사도무영은 양원정을 따라가려다 뒤를 돌아다보았다. 경추인과 유근 등 경비조가 정문 옆에 서 있는 게 보였다.

경추인은 안색이 해쓱하게 질린 채 어깨를 축 늘어뜨리고 있었는데, 그는 아마 쇄골이 부러졌을 것이었다. 자신이 그렇게 밟았으니까.

'그러게 마음을 좋게 써야지.'

양원정은 사도무영을 자신의 방으로 데려갔다.

그가 이름과 사문을 묻자, 사도무영은 이름만 말해주었다. 평상시처럼, 사문에 대해선 허락받기 전에는 밝힐 수 없다 말하고.

그러고는 일단 여응이 해준 말부터 한 마디도 빼놓지 않고 다 전해주었다. 그리고 마지막에 자신의 생각을 덧붙였다.

"삼월보의 배후가 될 만한 곳은 한 곳뿐일 것 같습니다만, 대협께선 어떻게 생각하십니까?"

어느 곳이라 이름을 말하지 않았음에도, 양원정은 사도무영의 생각을 바로 읽어냈다.

"구천신교 말인가? 흠, 충분히 가능성이 있는 일이지."

"문제는 그들의 총단 위치가 밝혀지지 않아서 대처하기가 마땅치 않다는 점입니다. 혹시 그들에 대해 아시는 게 있는지요?"

양원정의 미간에 골이 파였다.

"워낙 비밀에 쌓인 자들이어서, 아마 정확한 위치를 아는 사람이 거의 없을 것이네. 듣기로는 총단이 하나가 아니라는 말도 있고 말이야."

총단이 하나가 아니다?

구천신교는 현천교를 중심으로 한 아홉 종파의 총칭. 그럴 가능성이 전혀 없는 것도 아니었다.

하나일 수도 있고, 여럿일 수도 있고.

사도무영은 어떤 가능성도 배제하지 않았다. 비밀스럽게 천년을 이어온 자들이 아닌가.

"앞으로 어떻게 하실 생각이십니까?"

"일단 통문을 돌려 뜻이 맞는 사람들을 모아야겠네. 아미와 청성, 당가에도 알리고 말일세. 송명, 밖에 있는가?"

말을 마친 양원정이 밖을 향해 소리치자, 기다렸다는 듯 대답이 들렸다.

"예, 장주."

"장익과 함께 들어오게나."

문이 열리고, 청의를 입은 두 명의 중년인이 안으로 들어왔다. 양원정이 나타날 때 양옆에 서 있던 사람들이었다.

한 사람은 각진 얼굴에 눈이 부리부리했고, 한 사람은 마른 몸에 눈이 가늘어 날카로운 인상이었는데, 그들이 바로 낙산이걸(樂山二傑)로 불리는 송명과 장익이었다.

그들은 호기심 가득한 눈으로 사도무영을 슬쩍 쳐다보고는 양원장의 옆에 시립했다.

양원정은 두 사람에게 상황을 설명하고 명을 내렸다.

"……시간이 촉박하니, 지금 즉시 사람들을 보내도록 하게."

"예, 장주."

두 사람은 굳은 표정으로 대답하고는 밖으로 나갔다.

양원정은 방문이 닫히자 고개를 돌려 사도무영을 바라보았다.

"자네는 어떻게 할 건가?"

직접 손을 나눠보지는 않았음에도 그는 사도무영의 강함을 익히 짐작했다. 낙산장에는 열여덟 명의 빈객(賓客)이 있었다. 하나하나가 절정에 이르거나, 근접한 실력을 지닌 사람들이었는데, 흑염의 중년인은 바로 그 빈객 중의 한 사람으로, 절정에 이른 고수였다.

한데 그가 사도무영에게 밀렸다. 그것도 다른 두 사람과 함께 손을 쓰고서도. 사도무영이 낙산장에 머물며 자신을 도와준다면, 젊은 층의 힘을 집결시키는데 매우 효과적일 것 같았다.

그러나 사도무영에게는 할 일이 있었다. 그것도 매우 급하게.

"저는 곧바로 동정호로 갈 생각입니다. 만날 사람이 있거든요."

"아쉽군, 자네 같은 젊은이의 도움이 절실하거늘."

"그래도 이 일에서 완전히 벗어나 있지는 않을 것 같습니다. 마침 제가 구천신교에 대한 걸 조사하고 있으니까요."

의외인 듯 양원정의 눈이 동그랗게 커졌다.

"호오, 그래?"

"사천무림에 도움을 줄 수 있는 정보를 얻으면 즉시 연락하도록 하겠습니다."

"고맙네."

고마울 건 없었다. 사천무림이 구천신교를 흔들어준다면, 사부와 화설 누이를 구하는데 도움이 될 테니까.

어쨌든, 양원정은 번지르르한 사도무영의 말에 너털웃음이 절로 나왔다.

"허허허허, 정말 오랜만에 멋진 젊은이를 만났구먼."

그때 문득, 양원정의 뇌리에 한 사람의 모습이 떠올랐다.

싸늘한 표정. 그나마 그 얼굴조차 하루에 한 번 보기 힘들고, 목소리는 이삼 일에 한두 마디 겨우 들을 수 있는 사람의 얼굴이.

그는 낙산장에서 자신이 다스릴 수 없는 유일한 사람이었다.

'그 녀석도 성격만 조금 바꾸면 누구 못잖을 텐데……'

찻잔을 든 그는 쓰린 속을 한 모금의 차로 달랬다.

천하에 명성이 자자한 대협도, 아버지인 이상은 아쉬움을 어쩔 수 없었다. 한 모금의 차로 아쉬움을 달랜 그는 사도무영에게 지나가는 투로 물었다.

"괜찮다면 나이를 물어봐도 되겠는가?"

"열여덟입니다."

"……"

양원정은 한참 동안 입을 열지 못했다.

아무리 적게 봐도 스물은 되어 보였다. 그런데 열여덟이라니!

자신의 눈이 잘못 되지 않았다면, 사도무영이 거짓말을 한 것일 터였다.

한데 나이를 적게 말해서 좋을 게 뭐가 있을까?

없었다.

'허어, 정말 놀라운 일이군. 아직 스물도 안 된 젊은이가 이리도 뛰어나다니.'

속으로 경탄을 하며 사도무영을 쳐다보던 양원정의 두 눈 깊은 곳에서 기광이 반짝였다. 번개처럼 괜찮은 생각이 떠오른 것이다.

'가만, 이 젊은이와 함께 여행이나 해보라고 할까? 함께 있다 보면 성격에 변화가 생길지도…….'

자식이 왜 그러는지 그 이유를 누구보다 잘 아는 그였다.

환경이 바뀌면 성격도 바뀔지 몰랐다. 더구나 어릴 때부터 자유를 갈망하던 자식이 아닌가.

마음을 굳힌 그는 사도무영을 지그시 응시한 채, 특유의 부드러운 목소리로 입을 열었다.

"내 부탁을 하나 해도 되겠나?"

"무슨 부탁이신지……."

"내 워낙 밖의 일에만 열중하다 보니, 자식을 늦게 얻었다네. 이제 스물 하나지. 한데 오냐오냐하며 안에서만 키우다 보니 세상물정을 모른다네. 해서 자네만 괜찮다면, 동정호에 갈 때 내 자식을 데려가주었으면 싶은데……. 그 녀석에게 세상이 넓다는 걸 알려주고 싶구먼."

사도무영의 눈이 살짝 커졌다.

뜻밖의 부탁이긴 하지만, 들어주지 못할 것도 없었다. 한데 듣자마자 한 가지가 마음에 걸리는 것이다.

'나보다 나이가 많잖아?'

마음에만 든다면야 나이가 무슨 상관이랴. 위지양처럼 호형호제하며 지내면 되지.

그런데 양원정의 말대로라면 그럴 것 같지가 않았다. 더구나 그런 사람이 나이가 많다면, 피곤한 점이 하나둘이 아니었다.

양원정은 사도무영의 마음을 눈치채고 그 점에 대해 짚어주었다.

"윗사람으로 대해줄 필요는 없고, 그냥 친구처럼 지내게나. 마음이 맞으면 열 살 터울도 친구가 될 수 있는 법이라네."

속으론, '자네 얼굴을 봐선 그리 해도 무리가 없을 것 같은데.' 그리 생각하면서.

사도무영은 차마 거절하지 못하고 토를 달았다.

"제가 하려는 일이 일인 만큼 위험이 닥칠지도 모릅니다."

"허허허, 그것도 다 경험이 아니겠나? 강호에서 살아가려면 때론 목숨이 걸린 일도 해야 하는 법. 설령 안 좋은 일이 생겨도 자네를 원망하지는 않을 거야. 그리고 그 아이도 제법 강하다네. 자네에게 피해는 주지 않을 것이야. 데리고 다니다가 정 안되겠으면 돌려보내면 되니 부담은 갖지 말고."

'친구로 지내는 것이라면 뭐⋯⋯.'

솔직히, 혼자 다니는 것이 심심하긴 했다.

방안의 화초처럼 자라서 밥맛 떨어지는 성격이 아닐까 걱정되긴 하지만, 그것도 자신이 두들겨서 고치면 될 것 같았다. 정 안 되면 헤어지면 되는 거고.

그때 양원정이 주머니까지 열었다.

"경비는 내가 다 주겠네. 물론 자네가 쓸 것까지 말이야."

천하의 낙산대호가 그렇게까지 부탁하는데 더 이상 거부하기도 좀 그랬다. 물론 경비 때문에 결정을 내린 것은 절대 아니었다. 남들이야 어떻게 생각하든.

"알겠습니다. 그럼 그렇게 하지요."

사도무영은 담담히 대답하며 속으로 계산을 뽑아보았다.

'경비를 얼마나 줄지 모르겠군.'

많으면 많을수록 좋았다.

2.

낙산의 선착장에는 수십 척의 고깃배와 상선이 즐비하게 늘어서 있었다. 태양이 중천으로 치솟는 사시 초. 남쪽으로 내려가려는 상선에, 청운(青雲)이라는 글자가 가슴에 새겨진 낡은 청의를 입은 청년과 눈처럼 하얀 백의를 입은 청년이 올라탔다.

이십 대로 보이는 두 청년. 사도무영과 양원정의 아들인 양류한이었다.

배에 오른 두 사람은 상선의 선실로 들어갔다.

상선은 물건만 싣는 게 아니었다. 강을 타고 여행하는 선객들도 실어 날랐다. 그런 만큼 제법 넓은 선실이 갖추어져 있었는데, 돈만 주면 식사까지도 제공했다.

선실에는 선객(先客)이 있었다. 모두 십여 명. 그러나 강호인은 없었다. 사도무영은 한쪽에 자리를 잡고 앉아 도를 무릎 위에 올려놓았다.

양류한도 그의 옆에 앉았다.

'속은 기분이군.'

사도무영은 속으로 쓴웃음을 지으며 양류한을 바라보았다.

그 못지않게 잘생긴 얼굴이 보였다. 단순히 잘생긴 것이 아니라, 미녀가 남장을 한 것이 아닌가하는 생각이 들 정도였다. 흔히 미인을 표현할 때 쓰는 반달 같은 눈, 마늘쪽 같은 코, 앵두처럼 붉은 입술이 그의 얼굴을 차지하고 있었다. 거기에 하얀 피부까지. 전설의 꽃미남들이 살아온다 해도 뒤지지 않을 것 같았다.

그래서 사람들의 시선이 집중될까봐 머리카락을 대충 풀어서 얼굴을 반쯤 가리고 죽립을 썼는데, 오히려 그 바람에 묘한 매력이 풍겼다.

'몇 대 쳐서 얼굴이 부풀어 오르면 괜찮을 것도 같은데…….'

오죽하면 사도무영이 그런 생각을 했을까.

그나마 다행이라면, 항상 얼음장처럼 차가운 표정이라는 것이었다. 말수는 거의 없고.

"양 형, 여행은 많이 해봤소?"

"처음이오."

의외였다. 나이 스물하나가 되도록 여행을 하지 않았다니.

"왜 여행을 하지 않은 것이오?"

"해야 할 이유가 없었소."

"그럼 이번에는 왜 하는 거요?"

"아버님이 원하시니까."

나직이 말하는 그의 입가로 자조의 웃음이 스친다.

처음 봤을 때부터 부자간에 뭔가 갈등이 있는 것처럼 느껴졌는데, 정말 그런 것 같다.

사도무영은 몇 가지 더 물어보려다 그만두었다. 시간이 지나다 보면 조금씩 알게 될 터. 서두를 것은 없었다.

대신 그는 앞으로의 계획을 말해주었다.

"선원 말로는 중경까지 사흘 정도 걸린다는군요. 그곳에서 배를 갈아타고 삼협을 통과할 거요. 아마 동정호까지 칠팔 일 정도 걸리지 않을까 생각하고 있소."

양류한은 미미하게 고개를 끄덕이는 것으로, 사도무영의 말을 알아들었다는 표시를 했다.

그 모습을 보던 사도무영은 엉뚱한 생각이 들었다.

'눈이 머리꼭대기에 달린 교교가 이 사람을 보면 어떤 반응을 보일까?'

그는 눈 높고 콧대 센 여동생이 떠오르자, 양류한에게 슬쩍 물어보았다.

"양 형, 혹시 사귀는 여자는 있소?"

양류한은 쓴웃음을 지으며 고개만 저었다.

정말 말수가 적은 동행이다.

사도무영은 그나마 그것을 다행으로 생각했다. 최소한 시끄럽거나 귀찮게 하지는 않을 테니까.

'이런 사람이 여자 하나 없다는 걸 누가 믿겠어?'

그때 밖에서 선원이 외치는 소리가 들렸다.

"곧 출발할 거요! 혹시라도 타지 않은 사람이 있으면 지금 말하쇼!"

낙산을 출발한 배는 그날 석양이 질 무렵, 민강이 장강과 만나는 지점인 의빈에 도착했다.

그리고 다음 날 아침, 출발하기 직전에 십여 명의 손님을 더 태웠다.

십여 명의 손님 중 두 사람이 무사였는데, 그들은 사도무영과 양류한을 힐끔 쳐다보고는 선실의 구석을 차지했다.

더 이상 탈 손님이 없자 배는 장강을 타고 빠르게 내려갔다.

중경까지 가는 동안에도 양류한은 사도무영이 말을 걸지 않으면 입을 거의 열지 않았다.

 하지만 사도무영은 별 불만이 없었다. 어차피 혼자였던 여행이었으니까.

3.

 여량산을 나선 사도관과 나민은 황하를 건너기 위해 동쪽으로 갔다. 남쪽으로 가는 게 빠르긴 했지만, 그랬다가는 이영영이 풀어놓은 사람들에게 들킬지 몰랐다.

 중조산의 북쪽을 타고 태행산맥을 넘은 두 사람은 신향에서 남쪽으로 꺾어져 황하를 건너는 배를 탔다.

 나민과 함께 황하를 건너는 사도관의 가슴은 시원한 시월의 강바람으로 터질 듯이 부풀어 있었다.

 여량산으로 들어갈 때는 도망치는 기분이었다. 그런데 지금은, 꿈을 품고 강호에 나서던 강호초출 때처럼 부푼 야망이 가슴 속에서 꿈틀대고 있었다.

 '나 사도관, 마누라가 깜짝 놀랄 정도로 이름을 떨치고 돌아갈 것이다. 음하하하하!'

 나름 간단한 계획(?)을 세운 사도관은, 바람에 머리카락이 나부끼는 나민의 옆모습을 바라보았다. 머리카락 사이로 언뜻언뜻 보이는 그녀의 두 눈에는 걱정이 가득 깃들어 있었다.

'걱정 마시오. 마누라가 난리를 치면 내가 다 감당할 테니까.'

여차하면, 전에 가끔 하던 것처럼 대결을 펼쳐서라도.

그때는 항상 자신이 맞았지만, 지금은 그때와 많은 것이 달랐다.

'때렸다가는 일이 더 커질지 모르니까, 지칠 때까지 막기만 하지 뭐.'

솔직히 때릴 자신도 없었다. 자신이 더 강하다고 해도. 미워도 마누라니까.

'쩝, 딱 한 대만 때릴까? 에이, 관두자. 때릴 데도 없는데……'

혼자 이런 저런 생각을 하다 보니 어느덧 황하를 거의 다 건넜다.

사람들이 내릴 준비를 하자, 사도관도 엉덩이를 들고 나민을 바라보았다.

"일단 개봉에 들어가서 맛있는 거부터 사먹읍시다."

"예, 상공."

그때였다. 저만치 선수 쪽에서 누군가가 몸을 일으키는 게 얼핏 보였다. 허름하고 지저분한 승복을 입은 중년승이었다. 한데 머리카락이 길어서 진짜 승려인지, 아니면 옷만 승복을 입은 것인지 분간이 가지 않았다.

그가 일어서자 근처의 양민들이 분분이 물러선다.

사도관은 그 광경을, 정확히는 중년승을 바라보며 이맛살을 찌푸렸다.

'보통 기운을 지닌 자가 아닌 걸?'

지금까지 같은 배를 타고 왔는데도 자신이 왜 몰랐는지 의아할 정도였다. 비록 선수 쪽에 앉아 있어서 볼 수 없었을지라도 기운 정도는 느꼈어야 했거늘.

'승복도 처음 보는 승복이고, 행색도 이상하고. 파계승인가?'

잠시 그를 보는 사이 배가 선착장에 도착했다.

양민들이 우르르 내렸다. 그리고 머리가 긴 중년승도 성큼 배에서 뛰어내렸다.

그제야 중년승의 앞모습이 제대로 보였다. 텁수룩한 수염이 거칠게 자라 얼굴을 반쯤 덮었는데, 그 사이로 불길이 잠든 눈이 자리 잡고 있었다.

또한 키가 컸다. 무영이와 비교해도 뒤지지 않을 정도로.

그 생각을 하자, 아들이 떠오르며 마음이 착잡해졌다.

'무영이는 잘 지내고 있는지 모르겠군. 저번에 무슨 일이 있었던 거 같던데……'

얼마 전, 가슴이 답답해지고, 머릿속에서 뜨거운 열기가 솟구쳤었다. 아들이 급박한 위기에 처했을 때 나타나는 증상이었다.

헤어진 후 세 번째였는데, 다행히도 전의 두 번처럼 별 탈 없이 무사하게 넘어갔다. 그렇다고 걱정이 완전히 사라진 것은 아니었지만.

'청진도장이, 무영이는 백 살도 넘게 살 거라고 했으니까 믿자, 믿어.'

어쩌면 마누라를 기쁘게 해주기 위해 그냥 한 말일 수도 있었다. 도관을 증축할 돈을 뜯어내기 위해서. 전에도 가끔씩 그랬으니까.

하지만 그를 믿는다고 해서 손해 볼 게 뭐 있을까. 더구나 청진도장은 도문에서도 알아주는 주역의 대가가 아닌가.

'맞아. 언제 청진도장을 만나면 나와 나민과의 사주팔자에 대한 것을 한 번 알아봐야지.'

그럼 마누라가 어떻게 나올 것인지도 어느 정도 짐작할 수 있을 것이 아닌가.

사도관은 자신의 멋진 계획에 스스로 찬탄하며 흐뭇하게 웃었다.

바로 그때, 좌우를 둘러보던 중년승과 눈이 마주쳤다.

중년승은 고개를 돌리고 개봉을 향해 발걸음을 떼었지만, 사도관은 일시적이나마 움직일 수가 없었다.

기분이 나빠서?

천만에 말씀이었다.

눈이 마주친 순간, 중년승의 눈 속 깊숙한 곳에 잠들어 있는 은은한 광기를 느낀 것이다.

문제는, 그 광기에 자신의 살이 떨릴 만큼 강한 힘이 담겨 있다는 것이었다.

그가 중년승의 뒷모습을 바라보며 배에서 내려가려는데, 선교에 서 있던 선원이 가래침을 뱉으며 중얼거렸다.

"퉤! 에이 더러워서. 땡중이 돈도 없으면서 배는 왜 타? 덩치가 조금만 작았어도 황하에다 그냥 확! 처박아 버렸을 텐데."

사도관은 그를 보며 눈을 치켜떴다.

"어어? 으악!"

누가 밀치지도 않았는데, 선원이 앞으로 꼬꾸라지며 더러운 진흙바닥에 머리부터 처박혔다.

사도관은 선교를 내려가며 힐끔, 바닥에 처박힌 선원을 쳐다보았다.

'자식, 하마터면 다들 헤엄쳐서 황하를 건널 뻔 했잖아?'

사도관과 나민은 그들 키보다 큰 갈대들이 끝없이 펼쳐진 황하강가를 나란히 걸었다.

갈대들의 은색물결이 바람 따라 춤을 추며 그들 양 옆으로 흘렀다.

'음하하하하. 이게 바로 낭만이지.'

사도관은 기분이 무척 좋았다. 출렁이는 은색 갈대도 아름다웠고, 강가에서 날아오르는 오리들의 군무도 아름다웠다.

그리고 무엇보다, 그 길을 나민과 함께 걷는 것이 즐거웠다.

그는 허공을 걷듯이 걸어가며, 어깨가 거의 붙을 만큼 나민에게 가까이 다가갔다.

'어깨에 손을 올리고 슬쩍 잡아당기면, 못이긴 척 안겨들겠지? 그러면……'

사도관은 두근거리는 심장박동에 맞춰 손을 그녀의 어깨에 얹었다.

하지만 호사다마라 했던가. 슬슬 분위기가 무르익어 가는데, 그의 즐거움을 방해하는 훼방꾼들이 나타났다.

두 사람의 앞을 직접 막은 것은 아니었다. 하지만 가고자 하는 길을 막고 있으니 그에게는 훼방꾼이나 마찬가지였다.

저 만치 앞쪽, 그가 가고자 하는 곳에서 코웃음소리와 함께 욕설이 터져 나온 것이다.

"흥! 네놈이 황하를 건넜다고 해서 우리가 그냥 놔둘 줄 알았더냐?"

사도관은 분노가 부글거리며 끓어올랐다.

'어떤 놈들이……!'

다른 길만 있어도 그렇게 화가 나지는 않았을 터였다. 돌아가면 될 일이니까. 한데 갈대숲 사이로 난 길은 외길이었다.

사도관은 나민의 어깨에서 슬며시 손을 내리고, 앞을 똑바로 바라보며 걸음을 옮겼다.

이십여 장 걸어가자 훼방꾼들이 보였다. 대충 봐도 이십여 명은 될 듯했다.

무기를 뽑아든 그들은 한 사람을 둘러싸고 당장 죽일 것처럼 살기를 뿜어내고 있었는데, 그들이 둘러싸고 있는 사람은 사도관도 아는 사람이었다. 비록 조금 전에 잠깐 봤을 뿐이지만.

'응? 저 사람은?'

포위당한 자는 배에서 내린 중년승이었다.

하지만 사도무영은 조금도 그를 걱정하지 않았다.

'미친놈들, 죽으려고 작정했군. 건드릴 사람을 건드려야지.'

포위하고 있는 자들도 약한 자들은 아니었다. 그러나 중년승은 그들이 상대할 수 없는 사람이었다.

그것도 모르고 그들 중 한 사람이 소리쳤다.

"흥! 땡중! 네놈이 어디까지 도망갈 수 있을 거라 생각했느냐?"

중년승은 아무런 말도 하지 않았다.

그는 자신의 뜻을 행동으로 보여주었다.

그가 승포자락을 휘날리며 쌍장을 휘두른 순간, 바닥에 떨어져 있던 갈대찌꺼기들이 폭풍에 휘말린 것처럼 솟구쳤다.

동시에 포위하고 있던 자들이 일제히 달려들며 소리쳤다.

"모두 공격하라!"

"놈을 죽여!"

"도혈방과 적이 된 이상 네놈은 죽은 목숨이다!"

그들의 눈에는 단순한 갈대찌꺼기로 보일 뿐이었다. 그러나 중년승의 가공할 진기가 실린 이상 그것은 죽음을 부르는 암기로 변한 상태였다.

 중년승이 다시 한 번 소맷자락을 휘둘렀다. 솟구쳤던 갈대찌꺼기들이 허공에서 폭발한 폭죽 조각처럼 비산하며 포위하고 있던 자들을 덮쳤다.

 쏴아아아!

 퍼버버버벅!

 크고 작은 갈대찌꺼기들이 화살처럼 날아가더니 달려드는 자들의 온몸에 박혔다.

 곳곳에서 핏줄기가 솟구쳤다. 어떤 자는 눈을 붙잡고 비명을 내지르고, 어떤 자는 목에 막힌 갈대를 부여잡고 비틀거리며 물러섰다.

 "크악!"

 "끄어어어!"

 "무, 물러서!"

 눈 깜짝할 새에 칠팔 명이 피범벅이 되어 쓰러졌다.

 도혈방의 무사들은 공포에 질린 비명을 내지르며 다급히 물러섰다.

 그러나 중년승은 거기에서 멈추지 않고, 물러서는 자들을 향해 신형을 날렸다.

 그의 손길에는 자비가 없었다. 그가 손을 한 번 휘두를 때마

낙산(樂山)의 동반자(同伴者) 67

다 도혈방 무사들은 피를 뿌리며 쓰러졌다.

그야말로 도륙이나 다름없는 광경!

중년승의 손길에는 눈곱만큼의 자비도 없었다.

사도관이 참견하려 했을 때는, 서 있는 도혈방의 무사들이 한 사람도 남아 있지 않았다.

'뭐 저런 중이 다 있어?'

그렇다고 해서 중년승을 나쁘게 보지는 않았다.

도혈방은 태행산에 근거지를 두고 있는 마도 방파로 정파에게 있어서 골칫거리였다. 더구나 그들이 다수를 믿고 포위공격을 하지 않았던가. 만일 중년승이 힘이 없었다면, 그가 죽었을 것이었다.

'강호에 괴승이 하나 나타난 것 같군. 아니 괴승이 아니라 광승이라고 해야 하나?'

그때 중년승이 고개를 돌리더니, 나민과 나란히 서 있는 사도관을 바라보았다.

두 눈에서 일렁이는 광기만 조금 차이 날 뿐, 처음이나 다름없이 무뚝뚝한 표정이었다.

사도관은 적의가 없다는 것을 알리기 위해 어깨를 으쓱 추켜올렸다.

중년승은 벙어리마냥 아무 말도 하지 않고 몸을 돌렸다. 그리고 갈대숲 사이로 난 길을 따라 걸음을 옮겼다.

그가 완전히 사라진 뒤에야 나민이 고개를 설레설레 저었다.

"정말 무서운 스님이군요."

"후우, 비록 마도 놈들이긴 하지만, 그래도 조금은 불쌍하구려. 이건 뭐 제대로 된 대항조차 못해 보고 죽어 버렸으니…… 쯔쯔쯔."

"그만 가요. 사람들이 보면 우리가 관여된 줄 알겠어요."

"응? 그렇구려. 그만 이곳을 벗어납시다."

사도관이 중년승을 다시 본 것은 개봉의 한 객잔 앞에서였다.

중년승은 객잔 앞에 서 있었는데, 안에서 누가 소리치는 걸 들어보니 돈이 없어서 쫓겨난 듯했다.

"나도 주고 싶은데, 주인아저씨에게 들키면 죽는다고. 그러니까 정 배고프면, 먹다 남은 음식 나올 때까지 밖에서 기다려!"

어떤 점소이인지 몰라도 간이 배밖에 있는 놈이었다.

사도관은 어이가 없는 한편, 점소이가 그리 말했다고 정말로 밖에서 기다리는 중년승을 보니 기분이 묘했다.

엄청난 기운을 지녔다. 거기다 광기마저 지니고 있다. 스무 명을 단숨에 죽이고도 눈썹 하나 깜박하지 않을 정도로.

그런 사람이 남은 음식 얻어먹기 위해서 점소이 말대로 밖에 서서 기다리고 있다니.

그로선 이해하기 힘든 상황이었다. 한바탕 난리를 피우면 피웠지, 묵묵히 참고 기다릴 자로 보이지 않았거늘.

혹시 진짜로 정신이 이상한 거 아닌가? 오죽하면 그런 생각이 들었다.

중년승과 거리가 가까워지자, 나민이 말했다.

"상공, 우리가 저 스님 대접해 드려요."

이 여자는 마음씨도 착하다. 그토록 무서운 광경을 보고도 중년승이 불쌍해 보이나 보다. 마누라는 사숙인 청진도장도 우습게 아는데. 자신이야 뭐……

사도관도 중년승이 싫지는 않았다.

괴승인지, 광승인지, 혈승인지 확실하진 않지만, 그리 악한 것 같지는 않았다. 악하다기보다는 뭔가 사연이 있는 사람 같았다.

"그럽시다."

나민의 말에 고개를 끄덕인 사도관은 중년승에게 다가갔다. 중년승은 나민의 말을 들었는지, 사도관이 다가가자 고개를 돌렸다.

"이보쇼. 우리가 공양하는 셈치고 사드릴 테니 함께 들어갑시다."

중년승은 묵묵히 사도관을 바라보더니, 말없이 합장을 해 보이고 객잔의 입구를 향해 걸음을 옮겼다. 호의를 받아들이면서도 고맙다는 말 한 마디 없다. 한데도 사도관은 기분이 상하지 않았다. 원래부터 정상적인 사람으로 보지 않았으니까.
 오히려 그의 입장에서 보면, 중년승이 합장이라도 한 것이 다행이었다. 모욕감을 느끼지는 않았다는 말이니까.
 '원래 무뚝뚝한 사람인가?'
 그는 중년승의 등을 쳐다보며 나민과 나란히 객잔으로 들어갔다. 객잔 안으로 들어가자 점소이가 씩씩거리며 다가왔다. 정말 간을 다른 곳에 빼두고 사는 놈 같았다.
 "아, 정말 돌겠네! 이 땡중이……!"
 소란이 일기 전에 사도관이 나섰다.
 "이놈, 그 스님은 우리가 대접할 것이다. 그러니 너는 자리나 만들어라."
 중년승을 향해 막 쏘아붙이려던 점소이가 입을 닫았.
 그로선 돈만 받을 수 있다면 누가 주던 상관없었다.
 "뭐 그러시다면야……. 헤헤헤, 이리 오시죠."

 사도관이 처음으로 질문을 한 것은 식사가 거의 끝날 무렵이었다.
 "법명이 어떻게 되시오?"
 중년승은 무표정한 얼굴로 법명을 말했다.
 "광효."
 광효라면 천불사 금불곡의 결계를 깨고 세상으로 나간 혜양대사의 대제자가 아닌가.

그러고 보면 사도관이 보기는 잘 보았다. 광효는 광기로 인해 정신이 온전하지 않았으니까.

"어느 사찰에 적을 두고 계시는지……."

"뭐가 그리 궁금하지?"

"하, 하. 그냥 말없이 마주앉아 있는 것보다 대화라도 하는 게 좋지 않겠소?"

"자세한 것은 말할 수 없으니 시주가 이해해."

사도관은 고개를 끄덕이고는 화제를 돌렸다.

"그럼 어디로 가시는 길인지는 말씀해 주실 수 있소이까?"

광효는 묵묵히 사도관을 쳐다보았다.

말이 정말 많은 놈이군, 꼭 그런 눈빛으로.

사도관은 끄떡도 하지 않고 말을 이었다.

"저희는 장강 쪽으로 내려가는 길이오만."

한데 그 말에 광효가 반응을 보였다.

"장강? 장강 어디로 가는 거냐?"

"황산에 가는 길이오."

조화설을 황산으로 데려다 주기로 하지 않았던가. 무영이가 다 나았다면 황산에 한 번쯤 들렀을지도 몰랐다. 조화설이 만나려고 했던 사람을 찾으면, 구천신교에 대한 것을 알 수 있을지도 모르니까.

가능성은 희박하지만, 황산으로 가면 무영이를 본 사람이 혹시라도 있을지 몰랐다.

'없으면 나민과 황산 구경이나 하고 동정호로 가지 뭐.'
사도관이 속편하게 생각하고 있는데 광효가 물었다.
"혹시 근래에 중원에서 큰 싸움이 벌어지지 않았나?"
"글쎄올시다. 저도 여량산을 떠나온 지가 얼마 되지 않아서……."
광효가 이맛살을 찌푸리며 중얼거렸다.
"이상하군. 천기대로라면 지금쯤 혼돈이 시작되었어야 하거늘."
"무슨 말씀이오?"
"시주는 몰라도 돼."
'꽤나 비싸게 구는군. 알면 또 어때서?'
사도관은 속으로 구시렁거리며 찻잔을 집어 들었다.
그때 나민이 하얗게 질린 얼굴로 입을 열었다.
"스님, 혹시 그 혼돈이란 것이, 강호의 대혼란을 말씀하시는 것 아닙니까?"
광효가 나민을 뚫어지게 직시했다.
"여시주의 말이 맞아. 한데 여시주는 그걸 어떻게 아는 거지?"
"그게……, 오래전에 저를 키워주시던 분이 돌아가시기 전에 하신 말씀이어서 기억이 난 겁니다."
나민은 대충 둘러댔다. 하지만 반은 진실이었다. 대장로 조광옥이 해준 말이었으니까.

"누군지 몰라도 천기를 볼 줄 아는 분이었나 보군."

"그것까지는 잘 모르겠습니다."

"곧 고요가 깨지고 세상이 뒤집힐 일이 벌어질 거다. 이미 하늘의 기운을 받은 자들이 움직이기 시작했으니까. 특히 혼돈의 주인이……."

나직이 말을 이어가던 광효의 두 눈에서 붉은 기운이 일렁였다. 광기였다.

"곧 세상은 피로 물들고, 천지 사방에 주검이 깔릴 것이야. 땡중은 그 일 때문에 사문의 결계를 깨고 뛰쳐나왔지. 내 스스로 지옥에 가기 위해서……. 아, 미, 타, 불……."

사도관은 광효의 목소리가 조금씩 떨려오자 손에 들린 찻잔으로 탁자를 내리쳤다.

탁!

그 소리는 그리 크지 않았다. 그러나 묘한 울림이 있는 소리였다. 그 소리가 난 순간, 광효의 눈빛이 흔들렸다. 그리고 곧 그의 눈에서 일렁이던 붉은빛이 서서히 가라앉았다.

광효는 천천히 고개를 돌려 사도관을 바라보았다. 광기가 어렸던 눈에 잔잔한 경악이 떠올라 있었다.

"이 땡중의 마음이 부족해서 미처 시주를 몰라봤군."

마음이 부족해 그런 것만은 아니었다. 사도관이 워낙 가벼워 보이니 미처 생각지 못한 것이지.

"하, 하. 별말씀을. 저 같은 사람이 뭐 대단하다고……."

속으로야 '진작 알아봤어야지.' 그런 마음으로 뿌듯했지만.
한데 그때, 광효가 사도관의 뿌듯한 마음을 구만리 밖으로 날려버렸다.
"한 번 겨뤄보고 싶은데, 어떤가?"

4.

청운표국을 나선 단학은 곧장 장강을 따라 서쪽으로 가며 표행의 흔적을 철저히 뒤쫓았다. 그렇게 의창에 도착한 그는 장강에 늘어선 배를 보며 고민했다.
삼협을 통해 올라갈 것이냐, 아니면 육로를 택할 것이냐, 둘 중 하나의 길을 선택해야만 할 때였다.
하지만 그는 오래 고민하지 않고 삼협의 물길을 택했다.
이유는 단순했다. 육로로 가려면 생고생을 해야 하는데, 그럴 이유가 없었다. 배를 타고 가면 편한데, 왜 자신과 수하들의 다리를 고생시킨단 말인가?
삼협을 거슬러 올라간다는 것 자체가 무척 어려운 일인 만큼 상당히 비싼 선비가 문제였지만, 다행히 그에게는 적잖은 돈이 있었다.
'제기랄, 성도는 왜 간 거야?'
그로서는 도무지 이해할 수가 없었다. 사도무영과 성도는 아무런 관계도 없었다. 세상을 구경하고 싶다면 다른 곳도 얼마든지 있었다. 동정호도 있고, 동쪽의 항주, 소주, 남경 등등....... 그런데 그렇게 편한 곳을 놔두고 왜 고생해서 성도를 간단 말인가.

'좌우간 너무 곱게 키워도 문제라니까. 세상이 얼마나 무서운 줄도 모르고 돌아다니니 원......'

그가 앵두 같은 입술로 사도무영을 씹고 있는데, 배를 알아보러 갔던 수하가 돌아왔다.

"주군, 마침 중경까지 가는 배가 있다고 합니다. 가시지요."

단학은 수하들과 함께 삼협의 험탄(險灘)을 거슬러 올라간다는 배를 찾아갔다.

한데 바로 그때였다. 상류에서 내려오는 배가 선착장에 배를 대는데, 그 배에 청운표국의 표사가 언뜻 보이는 것이 아닌가.

"잠깐."

단학은 막 내밀던 뱃삯을 재빨리 회수하고 몸을 돌렸다.

선원이 버럭 소릴 질렀다.

"이보쇼! 배 안 탈 거요?"

단학은 그가 입에 게거품을 물든 말든 청운표국의 표사들이 탄 배로 갔다.

"청운표국의 표사들 같은데, 맞나?"

강후는 자신을 향해 질문을 던진 사람을 쳐다보았다.

희한한 인상을 지닌 자였다. 어떻게 보면 재밌게도 보이고.

하지만 그는 웃지 않았다. 강호에는 별의별 사람이 다 있었다. 말 한 마디 잘못했다 낭패를 보는 경우도 많았다. 특히 눈앞에 있는 사람처럼, 전신에서 싸늘함이 절로 피어나는 사람은 조심해야 했다.

"맞습니다. 그런데 왜 그러시는 겁니까?"

단학이 앵두 같은 입술을 오물거리며 다시 물었다.

"혹시 중경에 다녀오는 길이 아닌가?"

강후는 의아함과 경계심을 동시에 느끼고 조심스럽게 대답했다.

"우리가 어딜 다녀오든, 그걸 왜 알려고 하시는 겁니까?"

"사영이라는 사람을 찾으려고 하거든."

미세하나마 강후와 이원적의 눈빛과 표정이 변했다.

단학은 두 사람의 변화를 놓치지 않았다. 그에게는 그 정도의 변화도 웃다 우는 것 만큼 크게 느껴졌다.

"아는가 보군."

이미 감추기에 늦었다는 걸 안 강후가 물었다.

"왜 그를 찾으려는 거요?"

"그는 성도로 갔나?"

"어떻게 그걸……"

"청운표국에 들렀지. 그러니 굳이 머리 써서 속이려고 노력

하지 마라. 그건 그렇고, 잠깐 내리지 않겠나? 좀 더 자세한 이야기를 나누고 싶은데."

"왜 그 사람을 찾는지, 이유를 알기 전에는 당신과 더 말하지 않겠소."

"글쎄, 찾을 이유가 있다니까?"

"그러니까 그 이유가 뭐냔 말입니다."

강후는 단학에게 죽을지 모르는데도 악착같이 사도무영을 찾는 이유를 물었다. 단학은 그를 죽일까 몇 번이나 고민했다. 그러다 결국, 답을 제대로 내놓지 못하면 죽이겠다는 다짐을 하고 이유를 말해주었다.

"그 사람은 내가 모시는 사람의 아들이야. 몇 년 전에 행방불명이 되어서 찾아다니는 중이지. 됐나?"

강후는 그의 말을 무조건 믿지 않고, 짜증이 날 정도로 자세히 물어보았다. 그리고 단학의 실 같은 눈 끝이 살짝 치켜 올라갈 즈음에서야 의심을 풀고 사도무영에 대한 것을 말해주었다.

"그 사람은 이미 성도를 지나 청성산에 갔을 거요. 그리고 그곳에서 어디로 갈지는 우리도 모릅니다."

이제 성도도 아니고 청성산이란다.

단학은 기운이 쭉 빠졌다.

'젠장, 이러다 진짜 한 바퀴 도는 거 아냐?'

1.

　배는 예정했던 대로 낙산을 출발한 지 사흘 후 중경에 도착했다.
　양류한과 함께 배에서 내린 사도무영은 삼협을 통과하는 배를 찾아보았다.
　귀가 번쩍 뜨이는 소문을 들은 것은 바로 그때였다.
　사도무영은 막 앞을 지나간 사람들을 불렀다.
　"잠깐 뭐 좀 물어봅시다."
　그들은 묘족들이었는데, 칼을 찬 사도무영을 보고 겁먹은 표정으로 되물었다.
　"뭘 알고 싶은 겁니까?"

"좀 전에 천구사에 대해 이야기하시는 것 같던데, 무슨 말입니까?"

"어젯밤에 천구사에 불이 나서, 많은 스님이 돌아가셨습죠."

왜 하필 어제 불이 났단 말인가?

물론 화재가 날짜를 골라서 날 이유는 없었다. 방심하면 언제든 일어날 수 있는 게 화재니까.

그러나 사도무영은 그렇게 생각할 수가 없었다. 천구사는 표행이 가짜 옥룡주를 전해준 곳이 아닌가 말이다.

그가 다시 묘족에게 보다 직접적인 질문을 했다.

"주지스님이신 오경대사님은 괜찮으십니까?"

묘족은 안타까운 표정을 지으며 대답했다.

"그분도 이번에 돌아가셨습죠."

그 말을 들으니 의심이 더 깊어졌다. 동정호에 가는 걸 몇 시진 미루는 한이 있어도 확인을 해봐야 할 것 같았다.

사도무영은 묘족들을 보내고 양류한을 응시했다.

"아무래도 천구사에 먼저 들러봐야 할 것 같소."

천구사에 도착한 사도무영은 수백 승려의 장엄한 독경 소리를 뒤로 하고 화재가 난 곳으로 향했다.

화재로 소실된 건물은 모두 세 채였다. 그중에는 오경대사의 거처도 포함되어 있었다.

잿더미가 된 전각을 바라보던 사도무영은 미간을 찌푸렸다.

사람이 다섯 명이나 죽었다. 사방이 트여 있는 건물에서 왜 빠져나오지 못했단 말인가?

의문이 든 사도무영은 천구사의 승려 중 전에 얼굴을 봤던 승려를 찾아보았다.

이 각 가량 오가며 살펴보자, 당시 입구에서 만났던 세 승려 중 나이가 가장 많았던 승려가 저만치 보였다.

그에게 다가간 사도무영이 합장을 하며 물었다.

"혹시 저를 기억하십니까? 전에 주지스님을 만나러 왔던 사람입니다만."

승려는 사도무영을 바로 알아보았다.

"나무아미타불. 예, 시주. 표국에서 오셨다 하셨지요?"

"그렇습니다. 성도에 볼일이 있어 다녀오는데, 천구사에 불이 나서 주지스님이 열반하셨다는 말을 듣고 이렇게 찾아왔습니다."

"나무아미타불 관세음보살……."

"혹시 그분의 시신에서 이상한 점을 보지 못했습니까?"

"이상한 점이라 하셨습니까?"

"그렇습니다."

승려는 고개를 저었다.

"시신이라고 할 것도 남아 있지 않았습니다. 몸이 완전히 타신 바람에 유골만 남으셔서, 팔에 끼고 계시던 쇠묵주가 아니었으면 못 알아볼 뻔했지요."

그렇게 탔다면 어지간한 흔적은 모두 사라졌을 것이 분명했다.

"그럼 저희가 그분께 전해드린 벽옥구슬은 온전한지 모르겠군요."

"벽옥구슬이라고요? 주지스님의 사리를 찾기 위해 불에 탄 잔재를 조심스럽게 들어냈습니다만, 어디에서도 벽옥구슬 같은 것은 발견되지 않았습니다."

오경대사가 따로 숨기지 않은 이상 벽옥구슬은 그의 거처에 있어야 했다. 열기로 인해 녹아버렸다면 뭉친 덩어리라도.

한데 작은 사리라도 찾아내기 위해서 잿더미를 세밀히 뒤진 사람들 눈에조차 띄지 않았다는 것은, 그곳에 없었거나, 아니면 누군가가 가져갔다는 말이었다.

'놈들이 증거품인 가짜 옥룡주를 없애기 위해 움직인 건가?'

지금으로선 그럴 가능성이 가장 컸다. 사도무영은 승려, 수인에게 허락을 구했다.

"아무래도 수상한 냄새가 납니다. 제가 조사해 볼 것이 있는데 허락을 좀 받아주십시오."

"사실 본사의 큰스님들께서도 이번 일에 대해 의문을 품고 있습니다. 아마 시주께서 뭐든 알아내실 수만 있다면 그분들도 마다하지 않으실 겁니다. 빈승을 따라오시지요."

천구사의 노스님들은 사도무영의 조사를 허락했다. 단 조건을 걸었다. 뭔가를 알아내면 반드시 천구사에 알려주기로.

사도무영은 조건을 응낙하고 불에 탄 전각부터 조사했다.

오경대사의 거처인 자심전은 전소되었지만, 나머지 두 채는 일부분이나마 남아 있었다.

그러나 한 시진이 흐르도록 사도무영은 아무것도 찾아낼 수가 없었다.

결국 그는 마지막으로 시신을 살펴보기로 했다. 비록 다 타버리고 뼈만 남았을지라도.

수인은 사도무영을 오경대사의 유골이 모셔진 곳으로 안내했다.

오경대사의 유골은 붉은 보자기에 싸인 채 나무상자에 담겨 있었는데, 아직 쇄골(碎骨)을 하지 않은 상태였다.

사도무영은 보자기를 열고 유골을 살펴보았다.

유골은 깨끗하게 닦았음에도 그을림 자국이 곳곳에 남아 있었다.

"살해당했군."

옆에서 묵묵히 바라보던 양류한이 나직이 입을 열었다.

사도무영은 그가 뭘 보고 말하는지 알기에 보일 듯 말듯 고개를 끄덕여 주었다.

대여섯 개의 갈비뼈에 머리카락만큼 가느다란 검은 선이 그어져 있었다. 날카로운 뭔가가 스친 자국에 그을림이 낀 듯했다.

 일반 사람은 대수롭지 않게 생각할지 몰라도, 도검을 다루는 사람들은 그 자국을 그냥 지나칠 수가 없었다.
 그것은 검기나 도기가 스친 자국이었던 것이다.
 갈비뼈에는 단순한 흔적만 남았을 뿐이지만, 아마 심장과 심장을 중심으로 한 혈맥은 모조리 잘려나갔을 것이 분명했다.
 어쨌든 그것으로 오경대사가 살해당한 것은 확실해졌다.
 하지만 사도무영이 원한 것은 그런 정도의 것이 아니었다.
 '시신만 남았으면 뭐라도 알아낼 수 있었을 건데……'
 아쉽지만 남은 것이 없는데 어쩔 건가.
 사도무영은 씁쓸한 표정을 지으며 보자기로 다시 유골을 쌌다.
 한데 그때였다. 보자기의 양끝을 들어 올리자, 유골이 옆으로 구르며 언뜻 뭔가가 눈에 들어왔다.
 사도무영은 보자기를 다시 벗기고, 유골을 하나하나 밖으로 꺼냈다.
 그가 꺼낸 유골은 모두 갈비뼈였다. 그것도 검기나 도기가 스친 흔적이 있는 왼쪽의 갈비뼈를 골라서.
 그는 갈비뼈를 순서에 따라 정리했다. 본래의 위치대로.
 갈비뼈에 그어진 검은 실선이 이어지며 확실한 흔적 하나가 모습을 드러냈다.

그걸 본 사도무영의 입가로 싸늘한 조소가 떠올랐다.

"둘 중 하나겠군. 모르고 그랬든지, 아니면 알고 그랬든지. 모르고 그랬다면 멍청한 놈들이고, 알고 그랬다면…… 네놈들은 진짜로 사람을 잘못 건드렸어."

도무지 의미를 알 수 없는 말이다.

양류한은 슬쩍 눈알을 돌려 사도무영의 옆모습을 쳐다보았다. 하지만 과묵한 그답게 아무것도 묻지 않았다.

사도무영은 아무것도 묻지 않는 그가 마음에 들었다. 재잘재잘 떠드는 것보다는 말없는 게 확실히 나았다.

유골을 다시 보자기로 싼 사도무영은 유골보자기를 나무상자에 넣고 뚜껑을 닫았다.

그때 수인이 안으로 들어왔다.

"뭐 발견한 거라도 있습니까?"

사도무영은 상자에 손을 얹은 채, 수인에게 한 가지 사실과 한 가지 요구를 말했다.

"수인스님, 오경대사님은 살해당한 것이 확실한 것 같습니다. 해서 부탁드립니다만, 범인을 잡을 때까지 유골을 이대로 두었으면 합니다. 증거가 유골에 남아 있으니까요."

"증거라 하셨습니까? 그럼 범인을 알아내셨단 말입니까?"

"아직 범인이 누군지는 확실치 않습니다만, 저에게 짐작 가는 자들이 몇 있으니, 좀 더 조사해 보면 알아낼 수 있을 것 같습니다."

수인의 눈매가 파르르 떨렸다. 천구사의 스님들 역시 주지가 살해당했을 거라 생각하고 있었다. 정황상의 추측일 뿐이지만.

한데 증거가 있다지를 않는가.

"그게 사실이라면, 큰스님께서도 마다하지 않으실 겁니다. 저와 함께 큰스님께 가시지요."

오경대사 대신 천구사의 스님들을 이끌고 있는 큰스님은 대장로인 도정대사였다.

그는 사도무영의 청을 수락했다. 그리고 사도무영에게 넌지시 물어보았다.

"그래, 소시주는 범인이 누군지 알겠는가?"

"이제 겨우 증거만 찾았을 뿐입니다. 확신을 가지려면 좀 더 조사해 봐야 할 것 같습니다."

알아도 말해줄 수 없었다.

범인에 대한 걸 알면 천구사가 어떤 식으로든 움직이려 할 터, 오히려 자신의 일만 방해할 뿐이었다. 반면 천구사는 피로 뒤덮일 것이고.

"허어, 어쩌다 이런 일이 일어났는지……. 나무아미타불……."

도정대사는 불호를 외며 눈을 감았다.

사도무영은 그 기회를 틈타 몸을 일으켰다.

"그럼 이만 가보겠습니다. 확실한 것을 알게 되면 귀사에 알려드리도록 하겠습니다."

"신경 써주어 고맙네, 소시주."

도정대사는 그리 말하며 옆을 바라보았다.

옆에 다소곳이 서 있던 중년승 하나가 소맷자락 속에서 작은 주머니를 꺼냈다. 돈주머니였다.

그들이 돈을 준비하기는 했지만 무턱대고 줄 생각은 없었다. 돈만 받아먹고 나 몰라라 할지도 모르니까. 그런데 말을 들어보니 거짓처럼 보이지는 않는 것이다.

"이걸 받으시게. 아무래도 조사를 하려다 보면 경비가 들지 않겠는가. 적지만 보태 쓰도록 하게."

사도무영은 마다하지 않았다. 공짜로 받는 것이 아니니까.

"그럼 염치불구하고 받겠습니다."

여행이 길어질수록 돈주머니가 무거워진다.

'나는 정말 복도 많아.'

사도무영은 흐뭇한 마음으로 돈주머니를 품속에 넣고 도정대사의 방을 나왔다.

천구사를 나선 두 사람은 곧장 선착장으로 향했다.

한데 선착장이 보일 즈음 입을 꾹 닫고 있던 양류한이 물었다.

"천구사 주지의 죽음이 사도 형의 발길을 붙잡을 만큼 중요한 일이오?"

사도무영은 양류한의 질문에 깃든 속뜻을 짐작하고 담담히 대답했다.

"오경대사의 죽음이 안타깝긴 하지만, 그 사건 자체는 그리 중요하지 않소. 정작 중요한 것은, 오경대사를 죽인 자들이 누구냐 하는 것이오."

"그들이 누구요?"

사도무영은 양류한을 똑바로 쳐다보았다. 그리고 씩 웃으며 말했다.

"미리 알면 재미가 없잖소?"

양류한의 표정이 보일 듯 말듯 묘하게 비틀어졌다.

'그까짓 게 뭐 그리 중요하다고, 대답을 미뤄.' 그런 표정이었다.

그러든 말든, 사도무영은 선착장으로 걸어갔다.

'궁금하지? 궁금하면 노력해서 알아보라고. 그렇게 무뚝뚝한 표정으로 물어보면 누가 알려줄 줄 알고? 조금 부드럽게 물어도 알려줄까 말까 한데 말이야. 크크크……'

솔직히 사도무영도 궁금한 점이 있었다.

양류한이 부드러운 표정을 지으면 어떻게 보일까?

2.

봉절에서 시작되는 구당협은 진정 감탄이 절로 나올 만큼 아름다웠다.

 그러나 주변 풍광이 아름답다고 해서 장강의 물줄기까지 아름답게 느껴지지는 않았다.

 선원들은 대부분이 삼협 인근에서 평생을 살아온 이족과 묘족이었다. 그들은 앞으로 나아가기 위해 노를 젓는 게 아니라, 배의 균형을 잡고, 지나치게 빠른 속도를 적절하게 늦추기 위해 노를 저었다.

 이십 리 구당협을 이각 만에 통과한 배는 곧장 무협으로 들어섰다.

 백이십 리 무협의 양편은 수백 장 높이의 깎아지른 절벽이 병풍처럼 이어져 있었다.

 노련한 선원들은 암초와 여울을 피하며 두 시진에 걸쳐 무협을 통과했다.

 사도무영과 양류한은 선실 안에 있음에도 삼협의 험난함에 고개를 내젓지 않을 수 없었다.

 동풍이 불지 않으면 삼협을 거슬러 올라갈 수 없다더니 이해가 되었다. 돛으로 동풍을 받고, 힘세고 노련한 선원들의 노질이 합세한다 해도, 과연 이겨낼 수 있을지 의문일 만큼 삼협의 물살은 사나웠다.

 건너편에 앉았던 자가 말을 걸어온 것은, 험난하기가 삼협 중 제일이라는 서릉협 백육십 리 길로 들어선 지 반 시진 가량 지났을 때였다.

"자네들은 어디까지 가는 건가?"

말을 건 자는 서른 중반쯤으로 보이는 자였다.

그는 봉절에서 탄 일곱 명의 손님 중 하나였는데, 사도무영은 그가 탔을 때부터 유의해 지켜보던 중이었다.

거친 수염, 위압감이 느껴지는 호안. 곰처럼 떡 벌어진 어깨에는 한 자루 커다란 검이 기대어져 있었다.

가만히 앉아 있는 것만으로도 범상치 않은 기세가 풍기는 자.

한데 마침 그가 먼저 말을 걸어오자 사도무영도 대화를 마다하지 않았다.

"볼일이 있어서 동정호에 가는 길입니다."

"좋은 곳에 가는군."

"그렇게 묻는 분은 어디 가시는 길입니까?"

"사람 죽이러 악양에 가는 길이네."

생각지도 못했던 대답.

그의 곁에 있던 사람들이 엉덩이를 끌어당기며 그에게서 멀어졌다. 모진 놈 옆에 있다가 재수 없으면 벼락 맞는다 하지 않던가.

사도무영은 잠시 입을 닫고 그를 쳐다보았다.

표정 하나 변하지 않고 사람 죽이러 간다고 하다니. 진심일까? 눈빛이나 몸속의 기운으로 봐서 악한 자 같지는 않거늘.

그래도 어쨌든 그의 말에 장단은 맞춰주었다.

"좋은 곳에 가는군요. 악양에 볼 것이 많다던데."

사람 죽이러 간다는데 좋은 곳에 간단다.

양류한이 사도무영을 흘깃 쳐다보고는 고개를 돌렸다. 사람들에게 같은 취급을 받고 싶지 않다는 듯.

그러든 말든, 이번에는 사도무영이 물었다.

"원수입니까?"

장한은 별놈 다 본다는 눈으로 사도무영을 직시했다.

웃기는 놈이다. 처음부터 묘하게 신경이 쓰이더니, 오랜만에 흥미를 끄는 놈을 만났다.

기분이 좋아진 그는 솔직히 대답했다. 어떤 반응이 나올지 궁금해 하면서.

"정확히 말하자면, 원수는 아니네. 그냥 그놈이 했다는 말이 기분 나빠서 죽이려고 하는 거지."

갈수록 태산이다. 기분 나쁘다고 사람을 죽이겠다니!

두려움에 질린 사람들은 그에게서 더욱 더 거리를 벌렸다.

한데 사도무영이 한술 더 떴다.

"어떤 사람인지 정말 나쁜 사람이군요."

"왜 그렇게 생각하는가?"

"생각해 보십시오. 얼마나 심한 말을 했으면 봉절에서 악양까지 쫓아가 죽이고 싶겠습니까? 멀리 떨어져 있다고 온갖 욕을 다하고, 가까이 있으면 두려워서 아양을 떠는 사람들을 저는 아주 싫어합니다. 그 사람도 그런 족속인가 보군요."

양류한이 다시 흘깃 사도무영을 쳐다보았다.

듣고 보니 그럴 듯했던 것이다.

장한은 미처 생각지 못했다는 듯 고개를 주억거렸다.

"흠, 그래도 자넨 내 마음을 알아주는군. 사실 그놈이 나에게 다시는 장가도 못갈 거라고만 하지 않았어도 이리 나서지 않았을 거네."

"예?"

"내 마누라를 빼앗아간 것으로도 모자라서 나를 모욕했지 뭔가. 마누라를 뺏어갈 때는 참았지만, 이번에는 기필코 죽일 것이네."

그 말에는 사도무영조차 머리가 어지러워졌다.

그러니까, 마누라 빼앗긴 것보다, 장가 못갈 놈이라고 욕한 것이 더 화가 난다는 말이 아닌가!

'이 양반이 어디 아픈가?'

그가 그런 표정으로 빤히 쳐다보자 장한이 말했다.

"사실 그놈은 내 친구라네. 친구란 놈이 그런 말을 하니 더 화가 나더군."

더구나 그 사람이 친구라고?

사도무영은 어이가 없다 보니 오히려 정신이 말짱해졌다.

그가 하나하나 짚어서 물어보았다.

"친구가 부인을 빼앗아갔단 말입니까?"

"그렇다네."

"그리고 장가도 못갈 사람이라고 모욕했고 말이죠?"
"물론이네."
"그래서 사는 곳을 떠나 그 친구를 죽이러 가는 거고요?"
"잘 아는군."
당연히 잘 알지. 당신이 다 말해줬으니까.
"정말 죽일 겁니까?"
"글쎄, 그건 확실히 자신할 수 없군. 지금까지 한 번도 이겨보지 못했거든."
"그럼 잘못하면 거꾸로 죽을 수도 있겠군요."
"그러진 않을 거네. 그놈은 나를 죽이지 않을 거거든."
"왜요?"
"왜요라니? 친군데 죽이겠나? 그놈이 비록 말은 그렇게 해도 나를 무척 좋아한다네."
아! 뭐 이런…….
사도무영은 한숨이 나올 것 같은 표정을 지었다. 사람들이 다 멍한 표정으로 자신과 장한을 쳐다보고 있었다.
꼭…… 정신이상자 쳐다보듯이.
얼굴은 멀쩡하게 생겼는데……. 그런 눈빛으로.
그래, 기왕 이렇게 된 거! 어디 누가 이기나 끝까지 가보자고!
사도무영은 작심하고 장한에게 말했다.
"부디 꼭 원대로 되시길 바라겠습니다."

어느 죽음 95

"고맙네. 그런데…… 자네 지금 나 보고 친구를 죽이라는 건가?"

"죽이러 간다면서요?"

"그건 그렇지. 그래도 친구를 죽이길 바라는 건 너무한 말이 아닌가?"

"그럼 포기하실 겁니까?"

"아니, 반드시 죽일 거네."

"어떻게 죽일 건데요?"

"어떻게 되겠지."

'잘도 되겠다.'

속으로 한 마디 해준 사도무영은 넌지시 의견을 내놓았다. 마지막 승부(?)라는 마음으로.

"이렇게 한 번 해 보시죠."

"어떻게 말인가?"

사도무영이 나름 진중한 표정으로 말했다.

"친구에게 죽어달라고 하는 겁니다."

"그런다고 죽을까?"

"죽이려고 달려들어도 절대 당신을 죽이지 않는 친구라면서요? 그런 친구라면, 친구가 죽어달라고 하면 죽을 겁니다."

장한이 사도무영을 노려보며 말했다.

"자넨 그 친구를 잘 아는군. 그 친구라면 정말 그럴지도 모르겠어."

"때론 당사자보다 옆에서 보는 사람이 제대로 볼 때가 있죠."

"자네, 그 친구 봤나?"

보긴 누굴 봐? 친구가 누군 줄 알고?

속으로야 어이가 없었지만, 그래도 한 점 흔들림 없이 마무리 지었다. 나름 멋지게.

"뭐 직접 얼굴을 보진 못했습니다만, 귀하의 가슴 속에 있는 사람이 어떤 사람인지는 알 것 같군요."

장한이 씩 웃었다. 갑자기 웃으니 더 정신이 나간 사람처럼 보였다.

하지만 사도무영은 그가 정신 나간 사람이 아니라는 걸 알고 있었다. 그래서 더 어이가 없었고, 말도 안 되는 대화인줄 알면서 물러서고 싶지 않았다.

"자네 정말 재미있는 사람이군. 이름이 뭔가?"

"사도무영이라 합니다."

"나는 장막심이라 하네. 어떤가, 괜찮다면 악양에 도착해서 같이 술 한 잔 하지 않겠나?"

"그것도 나쁘진 않을 것 같군요."

어차피 만귀자를 만나러 가려면 그도 악양에서 내려야 했다.

사도무영이 순순히 응낙하자, 양류한은 이마에 주름을 지으며 두 사람을 번갈아 보았다.

그의 머리로선 도무지 두 사람을 이해할 수가 없었다.

사도무영은 양류한을 향해 빙그레 웃어주었다.

"양 형도 인상을 쓸 줄 아는군요."

양류한은 고개를 돌렸다. 아무리 생각해도 자신이 잘못 따라온 것 같았다.

'아버님이 이 사람에게 속은 거 아닐까?'

3.

사도관은 광효를 보며 침을 꿀꺽 삼켰다. 배가 부른데도 그가 먹는 것을 보니 힘이 절로 고였다.

'세상에, 중이 멧돼지 한 마리를 통째로 먹어치우다니. 저게 사람…… 아니, 승려야?'

아무리 성체가 아니라도 그렇지, 칠팔십 근은 나갔다. 이거저거 다 뺀다 해도 이십 근은 나갈 것이다. 그런데 그걸 한쪽 다리만 사도관과 나민이 먹고, 나머지는 광효가 모조리 먹어치운 것이다.

"소문이 들리기로는 호북의 정세가 심상치 않다고 하던데, 승 형은 어떻게 하실 생각이시오?"

사도관은 광효가 마지막 뼈다귀를 던지자, 기다렸다는 듯 물었다.

개봉을 출발한 지 닷새. 지금 그들이 있는 곳은 신양에서 삼십여 리 정도 떨어진 곳이었다.

황산으로 가든, 무창으로 가든, 이곳에서 결정을 내려야 했다.

광효는 잠시 생각하더니 고개를 저었다.

"일단 시주와 황산을 가본 뒤 생각해 보겠다."

"왜 나를 따라다니려고 하는 거요? 혼돈의 중심을 찾아갈 생각이라 하지 않으셨소?"

광효는 사도관의 눈을 직시했다.

"시주에게서 어떤 운명의 존재가 느껴져. 시주와 함께 다니다 보면 저절로 혼돈의 중심에 서 있을 것 같아."

사도관이 불만 가득한 표정으로 툭 쏘듯이 말했다.

"꼭 제가 사건을 몰고 다니는 사람처럼 말씀하시는군요."

"솔직히 말해서, 그와 비슷한 느낌이 든다. 직접 찾아가지 않아도, 혼돈이 시주 근처로 다가올 거 같다는 느낌이 들거든."

"하지만 지금까지 아무 일도 일어나지 않았잖소?"

"아직 때가 되지 않은 거겠지."

"때가 되면, 어떻게 되는 거요?"

"혈운이 몰려들고, 혈우가 내리면서 대지가 붉게 물들 것이다."

"겁나는 말씀을 하시는군요. 그런데 정말 그런 운명이라면,

대처할 수도 있지 않겠소? 어디로 깊숙이 숨어버린다든가 해서요."

"이미 천기가 돌기 시작한 이상, 어디로 숨는다고 해서 운명적 상황을 벗어날 수 있는 것이 아니다. 오히려 잘못 꼬여서 더 복잡한 상황이 될지도 모른다. 그러니 피하려 하기보다 적극적으로 운명과 싸우는 게 시주를 위해서도 나을 것이다."

"승 형도 이기지 못한 실력으로 운명과 싸울 수나 있을지 모르겠군요."

"내가 시주와 함께 다니려는 것도 마찬가지 생각이기 때문이다. 어차피 시주도 못이긴 땡중이 혼돈의 아수라장에 끼어들어봐야 무슨 소용이 있겠는가? 하나 시주와 내가 함께하면 상황이 달라질지도 모르느니……."

사도관도 광효의 말을 인정하지 않을 수 없었다.

'하긴 둘이 힘을 합하면 어느 누구에게도 쉽게 지지 않을 거야.'

사흘 전, 광효의 집요한 요구로 초식을 한정하고 겨루어 보았다.

십초의 비무.

비록 짧은 비무였지만, 그 일로 작은 숲이 하나 사라졌다.

그러나 결국은 둘 다 이기지도 지지도 않았다. 비긴 것이다.

광효는 비무가 끝나고 한동안 움직이지 않았다. 자신이 이기지 못했다는 것에 회의감을 느낀 듯했다.

하지만 그러한 마음이 들기는 사도관도 마찬가지였다. 대천화 중 두 가지를 완성하고도 미친 땡중 하나 이기지 못하다니.

묘한 것은 그 일로 인해 두 사람이 조금 더 가까워졌다는 것이었다. 함께 사흘 동안 동행하고, 멧돼지를 잡아 구워먹을 정도로.

사도관은 결국 결정을 나민에게 맡겼다.

"당신 생각은 어떻소?"

나민도 광효를 싫어하지 않았다. 강한 자가 한 사람 더 있다는 것은 그만큼 안전하다는 말과도 같았으니까.

물론 광효의 광기가 걱정되긴 하지만, 그보다는 강호의 광기가 더 위험하다는 게 그녀의 생각이었다.

"광효스님께서 그리 말씀하실 때는 그만한 이유가 있어서일 거예요. 아무래도 함께 다니면 더 안전할 테고요."

"음, 당신 생각이 그렇다면 뭐……."

사도관은 고개를 끄덕이고 광효를 바라보았다.

"그럼 그렇게 하지요. 단, 승 형께서 지켜주셔야 할 게 있소."

"뭔가?"

"피를 봐야 할 일이 있을 때, 최소한 저의 말을 한 번쯤 들어주시오."

만일 도혈방 무사들을 죽일 때처럼 사람들을 마구 죽인다면, 그 역시 광효와 싸잡아서 피에 미친 마인 소리를 들을지 몰랐다.

그는 영웅이 되고 싶지, 마인이 되고 싶지는 않았다.

무영이에게 떳떳한 아버지가 되기 위해서라도. 마누라에게 욕을 먹지 않기 위해서라도.

―여자를 데려오는 것도 화가 나는데, 마인 소리까지 듣고 돌아와? 나가!

그녀는 충분히 그러고도 남을 여자였다.

다행히 광효는 그의 요구를 들어주었다. 사실 그도 주화입마로 인한 광기 때문에 성정이 변해서 그렇지, 본래는 대자대비하신 부처를 모시던 승려였지 않은가.

"시주의 말대로 하지. 나 역시 살생하는 걸 즐기는 사람이 아니라네. 아, 미, 타, 불……."

"저놈들은 누군데 저기 앉아 있는 거지? 한 놈은 중놈 같은데? 계집도 하나 있고."

"빌어먹을 놈들, 왜 길목을 막고 있는 거야?"

두 사람이 인상을 잔뜩 찌푸리며 속삭였다.

저 멀리, 깎아지른 절벽으로 된 협곡이 끝나는 지점의 숲 앞에서 모닥불이 타오르고 있었다. 뭔가를 구운 듯 고기 구운 냄새가 바람을 타고 날아와 위장을 흔들었다. 그러잖아도 배가 슬슬 고파 올 때이거늘.

문제는 그들이 불빛이 있는 곳을 지나가야 한다는 것이었다. 그것도 몰래. 산 너머에 있는 장원을 암습해야 하는데, 소란을 피울 수는 없는 일이 아닌가 말이다.

물론 돌아서 가는 길도 있었다. 하지만 돌아서 가면 일각 정도 시간이 더 걸리는데, 그리되면 다른 조와의 공조가 무너져서 작전에 차질이 생길 수밖에 없을 터였다.

두 사람이 망설이자, 뒤쪽에 있던 누군가가 나직이 자신의 생각을 말했다.

"그냥 죽이고 가죠."

두 사람 중 머리카락을 말꼬랑지처럼 묶은 자가 말했다.

"나도 그러고 싶은데, 아무리 봐도 보통 놈들이 아니다. 시끄러워지면 작전이고 뭐고 다 실패야."

그가 그리 생각한 것은, 그만이 가지고 있는 특유의 직감 때문이었다. 그의 직감은 그가 속한 문파의 문주도 인정할 정도로 정확했다. 간혹 틀릴 때도 있지만, 틀릴 때보다 맞을 때가 세 배는 더 많았다.

그런 그의 직감이, 불빛 아래 앉아 있는 세 사람을 건들지 말라고 소리치고 있는 것이다.

하지만 그의 수하는 그의 직감을 인정하지 않았다.

직감? 직감이 밥 먹여 주나?

그리 생각한 자는 눈살을 찌푸리며 상관의 결단을 재촉했다.

"그렇다고 저자들이 떠날 때까지 기다릴 수도 없잖습니까?"

그래서 고민이다, 이 자식아. 누가 몰라서 그런 줄 알아?

말꼬랑지 머리가 그렇게 생각하며 고개를 돌렸다.

어쨌든 보고만 있을 수 없는 것만큼은 분명한 일. 더 늦기 전에 길을 뚫든, 돌아가든 결정을 내려야 했다.

"네가 앞장 설래? 단, 소리 없이 놈들을 처리해야 한다. 못하면 어떻게 된다는 거 알지?"

뒤에 서 있던 자는 자신 있게 고개를 끄덕였다.

"알겠습니다, 당주님. 걱정 마십시오."

'마도십삼파 중 하나인 대 마종문의 당주라는 작자들이 저리 간이 작아서야……'

그는 속으로 두 사람을 겁쟁이라며 욕하며 수하들에게 손짓을 했다.

"우리가 길을 뚫는다. 좌우로 접근해서 단숨에 해치운다. 큰소리가 나면 안 되니 최대한 빠르게 처리하도록."

사도관은 고개를 돌려 광효를 바라보았다.

불빛 때문인지, 아니면 다른 이유 때문인지, 광효의 두 눈이 붉게 물들어가고 있었다.

사도관은 광효의 눈빛이 변하는 이유를 짐작하고 속으로 부아가 치밀었다.

'때려죽일 놈들! 왜 가만히 있는 우리를 건드리려고 해?'

산 너머에 있는 장원 놈들은 아닌 것 같았다. 선풍장원은 정파에 속한 문파. 명색이 정파 무인이라는 자들이, 불 피우고 멧돼지 좀 구워먹었다고 죽이러 오지는 않을 터였다.

'선풍장원을 치려고 온 놈들인가?'

잠깐 생각하는 사이 암중인들이 십사오 장 거리까지 접근했다. 살기를 드러내는 걸 보니, 그냥 쫓아내기 위해 온 것은 아닌 듯했다.

그가 아무리 피를 싫어한다 해도, 자신을 죽이러 온 놈들까지 용서할 생각은 없었다.

"승 형, 밤이어서 날벌레들이 많이 날아다니는군요. 아무래도 잡아야할 것 같습니다."

"나에게 살생을 자제하라 하지 않았나?"

사도관은 힐끔 광효를 쳐다보았다.

왜 하필 지금 그걸 따져?

어둠속에서 칼 든 놈들이 달려오는 상황이다. 자신들을 죽이겠다고.

저들과 싸우고 싶지 않다면, 피하면 될 일이었다.

그러나 저들의 목적이, 자신들을 죽이고 선풍장원을 공격하려는 것이라면, 피해서는 안 되었다.

영웅이 되려고 강호에 나왔는데, 백도문파인 선풍장원의 위기를 보고 그냥 갈 수는 없는 일이 아닌가 말이다.

그렇다고 해서 자신이 직접 손을 쓸 생각은 없었다.

'옆에 잘 드는 식칼이 있는데 왜 손으로 고기를 뜯어?'

그리 생각한 사도관은 광효에게 넌지시 말했다.

"이런 경우는 예외로 봐야겠지요. 악인을 제거해 선한 자들을 구하는 일이 아닙니까?"

순간, 광효의 눈에 어렸던 붉은 기운이 더욱 짙어졌다.

살기를 접한 광효는 속에서 들끓는 광기를 다스리기 위해 주먹을 움켜쥐고 있었다. 사도관과의 약속을 일각도 안 돼 어길 수는 없는 일이 아닌가.

그러던 차에 사도관이 현 상황을 예외로 분류하자 억눌렀던 광기가 한꺼번에 터져 나왔다.

"아, 미, 타, 불! 지옥의 겁화에 빠져 허우적거릴 자들이로다!"

불호와 함께 그의 몸이 그 자리에서 둥실 떠올랐다.

동시에 이십 명의 무사들이 숲에서 뛰쳐나오며 광효와 사도관과 나민을 덮쳤다.

하지만 사도관과 나민을 덮치려던 자들조차 광효를 통과하지 못했다. 그리고 그때부터, 마종문 무사들이 지옥으로 떨어지기 시작했다.

사도관은 나민의 앞을 가로막고서, 천천히 검을 뽑아들었다.

'나, 사도관! 오늘 드디어 영웅의 첫걸음을 떼는구나! 음하하하하!'

제4장
장막심의 원한(怨恨)?

1.

　배가 의창, 형주를 거쳐, 동정호의 입구인 악양에 도착한 것은, 중경을 출발한 지 팔 일 만이었다.
　사도무영은 악양에 내려서며 숨을 크게 들이쉬었다.
　악양에 도착하자 섭장천과 진연운이 떠올랐다.
　'악양에 도착하면 들르라 했는데……'
　그때 장막심이 뒤에서 소리치듯 말했다.
　"거기서 뭐하나? 가세."
　사도무영은 고개를 돌려 뒤를 바라보았다.
　커다란 덩치의 장막심과 호리호리한 몸매의 양류한이 자신을 바라보고 있었다.

장막심과는 그날의 어이없는 대화 이후 이런저런 이야기를 나누었다. 대부분이 쓸데없는 이야기였지만, 심심함을 달래기에는 그럭저럭 괜찮았다.

게다가 간혹 강호에 대한 뜻밖의 이야기를 해서 사도무영을 놀라게 하기도 했다.

그렇게 오 일을 좁은 선실에서 함께 지내다 보니, 두 사람은 호형호제하며 그럭저럭 가까운 사이가 되었다. 그렇다고 해서 꼭, 배에서 며칠 같이 생활했다는 이유 때문만은 아니었다.

사도무영은 장막심이 생긴 것만큼이나 호탕한 성격임을 새롭게 알았고, 장막심은 사도무영이 어린 나이임에도 아는 것이 많다는 것에 새삼 놀라지 않을 수 없었다.

물론 사도무영은 장막심을 온전한 정신이 아닐 거라는 전제 하에 상대했고, 장막심도 사도무영을 좋은 성격으로만 생각하지는 않았다.

그래도 어쨌든, 두 사람은 마음에 맞는 구석이 제법 많았다.

양류한이야 끼리끼리 잘 논다고 생각했지만.

"악양에 대해서 잘 아신다고 했죠?"

사도무영이 장막심과 나란히 걸으며 물었다.

장막심은 그답지 않게 우수에 찬 표정으로 대답했다.

"잘 알지. 한때 내 청춘을 불살랐던 곳이니까."

그런 표정으로 그렇게 말하니 제법 봐줄 만했다.

"그럼 전검방에 대해서도 아시겠군요."

"전검방? 잘 알지."

"섭장천이라는 사람에 대해서도 아십니까?"

장막심이 고개를 돌리더니 사도무영을 뚫어지게 쳐다보았다.

"자넨 그 사람을 어떻게 아나?"

"전에 한 번 만났거든요. 잘 아십니까?"

"물론 잘 알지. 내 친구거든."

"아, 예……."

무심코 대답하던 사도무영이 걸음을 멈추었다. 그리고 장막심을 뚫어지게 쳐다보며 물었다.

"설마 그 사람을 죽이겠다고……."

하지만 장막심이 먼저 다그쳤다.

"자네, 내 친구를 모른다고 했잖은가? 나에게 거짓말을 한 건가?"

"언제 친구 이름을 말해주기나 했습니까?"

"응? 그건 그렇지."

장막심이 고개를 갸웃하더니, 입맛을 다셨다.

"빌어먹을, 그놈에게 또 졌군."

"예?"

"그놈은 사교성이 좋아서 많은 사람을 사귀었지. 반면에 나는 그러지 못했고. 그래도 이번에는 내가 그놈보다 더 멋진 사람을 만났다 생각했는데, 그놈이 먼저 자네를 만났다니, 결국 또 내가 진 게 아닌가 말이네."

좌우간 사람 한숨 나오게 하는 데는 기가 막힌 말재주를 지닌 사람이다. 사도무영은 가까스로 마음을 다스리고, 장막심에게 말도 안 되는 판결을 내려주었다.

"그 사람과는 잠깐 본 것뿐이고, 장 형님과는 오 일을 함께 지냈지 않습니까? 그럼 결국 장 형님이 이기신 셈이지요."

장막심의 얼굴이 조금 펴졌다.

"그게 그렇게 되나?"

옆에서 지켜보던 양류한은 인내가 한계점까지 솟구쳤다. 더 들었다가는 자신도 저 둘처럼 이상하게 변할 것 같았다.

더 이상 참지 못한 그는 두 사람을 노려보며 소리쳤다.

"술 마시러 간다고 하지 않았습니까!"

사도무영과 장막심이 동시에 양류한을 쳐다보았다.

"지금 가는 길인데……."

"누가 뭐래?"

끝내 눈을 치켜뜬 양류한의 얼음장 같던 얼굴이 벌겋게 달아올랐다.

사도무영과 장막심은 그 모습을 보고 얼이 반쯤 빠졌다.

"믿을 수가 없군. 정말 남자 맞아?"

"이거 큰일인데요. 중원의 여자들이……."

"계속 그럴 겁니까!"

버럭 소리를 내지른 양류한이 휙 몸을 돌렸다.

사도무영이 다급히 그를 불렀다.

"어? 양 형, 어딜 가려는 거요?"

"이제부터는 나 혼자 다니겠소! 사도 형도 그게 편할 거 같으니 여기서 헤어집시다!"

"양 대협께서 일 년 동안은 함께 다니라 하지 않았소?"

양류한의 어깨가 부르르 떨렸다.

분명 그랬다.

아버지의 명을 어길 수는 없었다. 평생 그렇게 살아왔으니까.

그리고 솔직히 돈도 없고, 사도무영과 헤어져서 여행을 하려 해도 마음에 걸리는 게 한둘이 아니었다.

그때 마침, 사도무영이 그의 마음을 달래주었다.

"미안하오, 내 놀리려고 그런 건 아닌데. 화났다면 사과하겠소."

양류한은 그새 얼음덩어리 같은 제 얼굴을 되찾고, 사도무영을 노려보며 또박또박 말했다.

"한 번만 더 그러면, 아버님의 명을 어기는 한이 있어도 나 혼자 갈 거요. 그래봐야 사도형은 눈썹 하나 끄떡하지 않겠지만."

"하하하, 알았소. 자, 우리 술이나 마시러 갑시다. 장 형님, 앞장서시죠."

장막심은 아직도 확신이 안 선다는 듯 고개를 갸웃거리며 걸음을 옮겼다.

'아래를 벗겨봐?'

사도무영 일행이 다시 걸음을 옮길 때였다. 십여 장 가량 떨어져 곳에서 한 사람이 이맛살을 구겼다. 그는 사도무영 일행을 바라보고 있었는데, 시선이 사도무영의 허리에 꽂혀 있었다.

'아무리 봐도 안 당주님의 칼 같은데, 어떻게 저놈이 가지고 있지?'

흑문의 정보단체인 흑영당의 이조장 이호겸은, 선창가에서 선객들을 살펴보던 중 사도무영 일행을 보고 감탄을 금치 못했다.

처음 보는 자들이었다. 장한에게선 호랑이 같은 강인함이 엿보였고, 두 청년은 기가 막히게 잘생긴 얼굴이었다. 그 중 하나는 아무리 봐도 남장 여자 같았고.

정보를 수집하는 자답게 그는 세 사람의 정체가 궁금했다.

한데 때마침, 그들의 입에서 섭장천이라는 이름이 나오는 것이 아닌가.

그는 눈을 빛내며 세 사람을 유심히 살펴보았다. 그때 사도무영의 허리에 걸린 도가 눈에 들어왔다. 천으로 대충 말아놓긴 했지만, 눈에 많이 익은 도였다.

그가 도의 주인을 떠올린 것은 사도무영 일행이 그의 앞을 지나간 뒤였다.

그는 일단 근처에 있는 수하 하나를 불렀다.

"안 당주의 도를 가진 놈이 나타났다. 본문에 알려라."

그러고는 수하가 슬쩍 고개를 숙이고 자리를 뜨자, 십여 장의 거리를 두고서 사도무영의 일행을 뒤따라갔다.

2.

사도무영으로선 두 번째 마셔보는 술이었다.

목이 화끈하면서도 달짝지근한 뒷맛이 남는 게 마실 만했다. 별다른 말도 없이 석 잔을 연거푸 마신 사도무영이 술잔을 내려놓고 물었다.

"전검방으로 가실 겁니까?"

장막심이 소매로 입술을 닦고는 말했다.

"화가 나서 여기까지 오긴 왔는데, 지금 쳐들어가기는 좀 그렇군."

"정말 그 말 때문에 화가 난 겁니까?"

'장가도 못갈 놈.' 그걸 말하는 것이었다.

"물론이네."

사도무영은 안주를 하나 집어 먹고 그동안 조심스러워서 묻지 않았던 것을 물어보았다.

"그런데…… 섭장천이란 분이 정말로 형님의 부인을 빼앗아 갔습니까?"

그 질문에는 소 닭 보듯 하던 양류한도 귀를 쫑긋했다.

장막심이 눈을 부라리며 대답했다.

"그럼 내가 아우에게 거짓말을 한 줄 아는가?"

아무래도 사실인 것 같다. 섭장천이 친구의 부인을 빼앗을 만큼 독한 사람일 거라고는 생각지 않았거늘.

'아쉽군. 사귀어 볼 만한 사람이라 생각했는데.'
사도무영이 내심 아쉬워하는데 장막심이 말을 이었다.
"그게 아홉 살 때였을 거네."
"예?"
"그놈이 내 마누라를 빼앗아간 게 아홉 살 때였다고."
사도무영과 양류한은 동작을 멈추고 장막심을 쳐다보았다.
"소향이하고 나하고 매일같이 부부로 놀았는데, 그놈이 나타나는 바람에 소향이가 나를 팽개치고 그놈에게 갔지. 어찌나 화가 나는지……."
그러니까, 소꿉장난 하던 때를 말하는 거요?
사도무영은 술병을 들어 장막심의 머리를 한 대 치고 싶다는 생각이 들었다.
그때 장막심이 갑자기 시무룩한 표정을 지으며 마저 말을 이었다.
"그런데 십몇 년이 흘러서 소향이하고 그놈하고 진짜 부부가 되어버렸지 뭔가."
"그럼 장가도 못갈 거라고 한 말은 언제 한 말입니까?"
"조가 말로는, 그놈하고 소향이하고 혼인한 그 다음날 그 말을 했다고 하더군. 내가 없는 사이에. 뭐? 소향이를 못 잊어서 장가를 못 갈지 모른다고 했다나? 쿵, 나 장막심이 뭐 소향이 아니면 여자가 없는 줄 아나? 나쁜 자식."
"그 말은 언제 들으신 겁니까?"

"저번 달 말쯤, 조가가 십여 년 만에 놀러왔다네. 고주망태가 될 정도로 취하니까 그날의 일을 다 털어놓더군. 그 즉시 방문을 박차고 나왔지."

사도무영은 손을 들어 이문혈을 꾹꾹 눌렀다.

"크크크크……."

양류한이 숨죽여 웃었다. 세상에 회의적인 그조차 어이없어 미치겠다는 표정이었다.

장막심이 그런 양류한을 잡아먹을 듯이 노려보았다.

"자네 뭐가 그리 웃긴가?"

양류한은 웃음을 겨우 참고 곧바로 차가운 표정으로 돌아갔다. 하지만 마땅히 대답을 하지 못했다.

뭐라 한단 말인가? 마누라 빼앗긴 게 웃기다고? 아니면 장가 못 갈 거라는 말이 웃기다고?

다행히 사도무영이 끼어들어 양류한의 곤란을 해결해 주었다.

"장 형님, 정말 그 이유 때문에 섭장천이라는 분과 죽기 살기로 싸울 겁니까?"

"못 싸울 건 또 뭔가? 전부터 자주 그랬는데."

"전……부터요?"

"다섯 번인가? 아니 여섯 번이군. 좌우간 여섯 번 싸워서 한 번도 이기지는 못했네만, 그렇다고 해서 그런 말 듣고 그냥 넘어간 적은 없었지."

한 마디로, 자주 그랬다는 말이었다. 이번이 처음이 아니고.

사도무영은 더 이상 장막심의 일에 신경 쓰지 않기로 했다. 듣고 보니 사실 신경 쓸 것도 없었다.

"그럼 형님은 섭장천이란 분과 싸우러 가십시오. 저희는 저희대로 볼일을 보러 가겠습니다."

한데 그때였다. 장막심이 넌지시 말했다.

"나도 함께 가면 안 되겠나?"

순간 양류한의 아름다운(?) 눈이 한껏 커졌다.

'안 돼!'

하지만 사도무영은 그의 마음을 미처 알지 못했다.

"섭장천이란 분을 만나서 죽기 살기로 싸워야 한다면서요?"

"술에 취해서 무작정 집을 나서긴 했는데, 막상 여기에 오니까 생각이 달라지는군. 그래도 친구가 아닌가? 하, 하, 하, 하!"

"뭐 그러시다면야……."

벌떡! 양류한이 일어섰다.

"사도 형, 나는 더 이상 참을 수가 없소."

장막심이 고개를 살짝 쳐들고 답답하다는 표정으로 말했다.

"진작 말하지. 그것 물어보는 게 뭐 그리 어렵다고. 어이, 점소이! 여기 뒷간이 어딘가?"

양류한은 정말로 오줌통이 꽉 찬 기분이었다.

오죽했으면, '뒷간을 가는 척하면서 그대로 도망가 버릴까?' 하는 생각마저 들었다.

'크크크.'

사도무영 일행과 등을 지고 있던 이호겸은 웃음을 억눌렀다.

안위의 도를 지니고 있어서 잔뜩 긴장했는데, 나누는 말을 들어보니 조금 덜 떨어진 사람들 같았다.

'정말 웃기는 놈들이군. 뭐? 섭장천하고 죽기 살기로 싸워? 그자가 너희 같은 놈들을 만나주기나 할 것 같으냐? 미친놈들!'

그는 조소를 지으며 앞에 놓인 오리고기를 젓가락으로 집었다. 하지만 그는 더 이상 움직일 수가 없었다.

턱.

누군가가 그의 어깨를 누르고는, 귓전에 대고 물었다.

"아까부터 우리를 따라오던데, 왜 따라온 거요?"

미친놈들 중 하나의 목소리다.

이호겸은 천천히 숨을 들이쉬고 최대한 담담하게 대답했다.

"사람을 잘못 본 거 같소이다."

"떨지 말고 대답해 보십시오. 왜 우리를 따라온 겁니까?"

떨긴 누가 떨었다고!

"나는 당신들을 따라온 적이 없소."

"거짓말하면 어깨가 떨리는 버릇이 있나 보군요. 솔직히 말하면 그냥 보내줄 테니 말씀해 보시죠."

그런 버릇 없다니까! 나 안 떤다고!

이호겸은 버럭 소리를 질러서 상대의 말을 교정해 주고 싶었지만, 지금은 참아야 할 때였다.

"나는 그냥 식사를 하러 들어왔을 뿐이오. 그러니 그냥 놔 주시오."

"거짓말하는 사람은 당신처럼 얼굴을 돌리지 않지요. 행여나 상대가 자신의 얼굴을 알아볼까봐 말이죠. 흠, 전검방 사람은 아닌 것 같고, 혹시 흑문에서 나오지 않았습니까?"

동정호 일대에는 십여 개의 크고 작은 문파가 있다. 그중 자신과 연관된 곳은 전검방과 흑문뿐. 해서 넘겨 짚어본 것일 뿐이었다.

한데 흑문이라는 말이 나오자, 이호겸은 번개처럼 돌아서며 사도무영의 손목을 움켜잡았다.

사도무영은 손목을 잡힌 채 이호겸을 빤히 쳐다보았다.

"정말 흑문 사람인가 보군."

"흥, 언제까지 헛소리 하는가 한 번 보자."

이호겸은 코웃음 치며 손목을 잡은 손에 힘을 주었다.

"악!"

그리고 자신도 모르게 비명을 내질렀다.

분명 손목을 잡은 것은 그였지만, 사도무영이 회천무벽의 기운을 흘려 넣자, 손가락 마디가 다 부서지는 것처럼 고통이 밀려든 것이다.

사도무영은 가볍게 손을 털어 이호겸의 손을 떨치고 물었다.

"아까부터 내 칼을 자꾸 보던데, 이게 안위의 칼이라서 본 거요?"

안색이 흙빛으로 변한 이호겸은 더 이상 코웃음 칠 여력이 없었다.

"나, 나는 안위가 누군지 모르오."

"잘 알 텐데?"

"모르는 사람이라 하지 않았소?"

바로 그때, 주루의 입구 쪽에서 낭랑한 목소리가 들렸다.

"나도 소형제와 같은 생각이네. 그대는 안위에 대해 잘 알 것 같군."

반가움이 담긴 목소리. 섭장천이었다.

그는 무사 넷과 함께 다가오며 사도무영을 보고 미소를 지었다.

"반갑군."

사도무영도 그를 보고 마주 웃었다.

"몰래 떠나려고 했는데 들켰군요."

"악양까지 와서 그냥 가면 내가 섭섭하지."

"하, 하, 일이 급해서 말이죠. 오죽했으면 성도에서 여기까지 쉬지 않고 왔겠습니까."

순간이었다. 사람들의 시선이 사도무영과 섭장천에게 쏠린 사이 이호겸이 몸을 날렸다.

하지만 그는 채 일 장도 벗어나지 못하고 바닥에 코를 처박았다. 사도무영이 발목을 잡아 패대기친 것이다. 그사이 코앞까지 다가온 섭장천이 좌우의 무사들에게 명을 내렸다.

"저자를 방으로 데려가라."

무사 넷 중 두 사람이 나와 이호겸의 혈도를 짚고 어깨에 멨다.

그제야 섭장천의 고개가 장막심 쪽으로 돌아갔다.

"자네가 강호에 나온 걸 보니, 확실히 요즘 강호가 시끄럽긴 시끄러운가 보군."

장막심이 사도무영과 양류한의 기대(?)를 저버리고 활짝, 아주 반갑게 웃었다.

"음하하하, 잘 있었나?"

"이번에는 무슨 이유로 나온 건가?"

"이유는 무슨! 그냥 가고 싶으면 가고, 머물고 싶으면 머무는 거지."

사도무영은 피식 웃고, 양류한은 장막심을 흘겨보았다.

사람이 저렇게 조석지변하다니! 조금 전까지만 해도 죽이지 못해 안달해놓고, 갑자기 풍진기인처럼 말하는 건 뭐란 말인가!

섭장천은 두 사람의 마음을 이해한다는 듯 헛웃음을 흘렸다.

"훗, 좌우간 잘 나왔네. 그래, 방으로 돌아올 건가?"

장막심은 힘차게 고개를 저었다.

"아니, 잠깐 저 친구들과 함께 다닐 생각이네. 아쉬워도 이해해 주게나."

섭장천은 조금도 아쉽지 않다는 표정으로 고개를 두어 번 젓고는 사도무영을 쳐다보았다.

"저 친구와 함께라면 걱정이 없겠군."

조금 뜻이 묘한 말이었다.

사도무영은 마치 그 말이, '장막심이 무슨 짓을 해도 막을 수 있는 사람이 있으니 걱정하지 않아도 되겠군.' 그렇게 들렸다. 양류한도 비슷하게 생각했고.

장막심이야 조금 다르게 생각했지만.

"자네가 봐도 그렇지? 아주 괜찮은 친구더군. 그래서 나와 호형호제하기로 했다네. 하, 하, 하."

섭장천은 그의 말을 듣고는 사도무영에게 말했다.

"조금 엉뚱하긴 해도 악한 친구는 아니라네."

"저도 알고 있습니다."

"바로 떠날 건가? 하루 정도 시간이 있다면 본 방에서 쉬었다 가는 게 어떻겠나?"

"저도 그러고 싶습니다만, 한시가 급한 일이어서요. 나중에 찾아뵙도록 하겠습니다."

"정 그렇다면 할 수 없지."

3.

섭장천과 헤어진 사도무영은 곧장 선착장으로 갔다.

한데 거기서 생각지도 못했던 문제가 생겼다. 삼령도에 가자고 하자, 사공들이 모두 손사래를 치며 질색하는 것이 아닌가.

'내가 미쳤수? 거길 가게.' 그렇게 말하면서.

돈을 두 배 주겠다고 했지만 소용이 없었다.

'결국 섭 형에게 부탁해야 하나?'

사소한 일로 신세지기 싫어 말하지 않았다. 배 한 척 얻는 것쯤이야 쉬울 거라 생각했다. 그런데 그게 아니다.

무력으로 강요할 수도 없고, 그렇다고 삼령도로 데려다 줄 배를 찾기 위해 무작정 시간을 보낼 수는 없고. 아무래도 시간을 아끼기 위해서라도 섭장천의 힘을 빌려야 할 것 같다.

그에게 부탁한다면 배 한 척 얻는 건 어렵지 않을 것이었다. 전검방은 악양 일대에서 제왕처럼 군림하는 세력이 아닌가.

"장 형님, 섭 형을 만나서 배를 얻을 수 있는지 알아봐야겠습니다."

바로 그때, 한 사람이 그들에게로 다가왔다.

"삼령도에 가신다고 하셨소?"

그에게 다가온 자는 덥수룩한 수염을 지닌 마흔 가량의 중년인이었다. 덩치는 당당했지만, 무공을 익힌 것 같지는 않았다.

"그렇습니다. 그런데 사공들이 모두 거절을 하는군요."

"당연히 그럴 거요. 거기에는 미친 노인이 살고 있는데, 섬에 들어온 사람을 가만두지 않고, 배조차 침몰시키기 일쑤니까."

"방법이 없겠습니까?"

"두 가지 조건만 들어주면 내가 데려다 주겠소."

"어디 조건을 말씀해 보시지요."

"첫째, 은자 다섯 냥을 선불로 주시오."

삼령도까지 은자 반냥이면 충분하다. 그러니 열 배를 달라는 소리다.

사도무영은 중년인의 눈을 직시했다. 한 점 흔들림 없는 눈빛은 일반 사공이라고 하기엔 상당히 깊었다. 게다가 욕심이 깃든 눈빛도 아니었다.

'뭔가 사연이 있는 것 같군.'

다섯 냥이 적지 않은 돈이긴 하지만, 선착장에서 허송세월하며 보내는 시간에 비하면 큰돈도 아니었다. 전검방까지 다녀오려면 시간도 제법 걸릴 것 같고.

"두 번째도 말해 보시죠."

"내 아들이 멋모르고 삼령도에 들어갔다가 몸 반쪽을 못 쓰고 있는데, 의원에게 보여도 소용이 없소. 그 늙은이를 만나면 내 아들이 왜 그렇게 되었는지 알아봐 주시오."

"흠, 좋습니다."

사도무영은 이런저런 이유를 묻지 않고 은자 다섯 냥을 꺼내 중년인에게 주었다.

"잠시만 저곳에서 기다려 주시오."

텁석부리 중년인은 그렇게만 말하고, 사도무영이 준 은자 다섯 냥을 가지고 어디론가 사라졌다.

"그를 믿을 수 있을지 모르겠군요."

양류한이 눈을 좁히고 의문을 표했다.

사도무영은 중년인이 사라진 곳을 보며 담담히 말했다.

"아들의 약값에 쓰려고 돈을 많이 달라고 한 것 같습니다. 일단 믿어보죠."

중년인은 자신이 잘못되어 돌아오지 못할 것을 생각해서 미리 돈을 가족에게 전해주려 간 것 같았다.

가족을 위해 목숨을 걸려는 아버지의 마음.

사도무영은 그의 눈빛에서 그것을 보았다. 해서 두말없이 돈을 건넨 것이있다.

'아버지는 어떻게 지내고 있는지 모르겠네. 삼령도에서 돌아오면 한 번 알아봐야지. 어차피 제갈신운도 만나야 하니까.'

텁석부리 중년인은 이각이 지날 무렵이 되어서야 돌아왔다.

그는 돌아오자마자 자신의 배로 안내했다. 그의 배는 그리 크지 않았지만, 네 사람이 타기에는 충분했다.

돛을 올린 중년인은 힘껏 노를 저어 동정호 중앙으로 나아갔다.

제5장
삼령도(三嶺島)

1.

뱃길 백 리는 결코 가까운 거리가 아니었다.

바람이라도 계속 동북풍으로 불어주면 다행이지만, 그렇지 않으면 돛을 접고 노를 저어서 가야 했다.

하지만 그것은 일반 사람들만이 탔을 때 이야기였다.

악양에서 어느 정도 멀어지자, 사도무영이 텁석부리 중년인에게 말했다.

"제가 장력으로 호수면을 쳐서 도울 테니, 갑자기 배가 빨라져도 놀라지 마시기 바랍니다."

중년인은 과연 그게 가능할까 싶었지만, 일단 알았다는 말을 하며 고개를 끄덕였다.

무림의 기인들은 일반 사람들이 상상도 못할 능력을 지녔다지 않던가 말이다.
 양류한과 장막심은, 미처 생각지 못했다는 듯 밝은 표정으로 사도무영의 생각을 반겼다.
 '충분히 가능해.'
 "하하하, 하긴 무공을 꼭 사람을 해치는데 쓰라는 법은 없지. 힘들면 교대로 하세."
 사도무영은 선미에 서서 호수면을 향해 장풍을 펼쳤다.
 사람을 공격하기 위한 것이 아닌 만큼 넓은 면에 골고루 힘이 전해지도록 펼친 장풍이었다.
 순간, 배가 앞으로 쑥 나아가며 속도가 두 배는 빨라졌다.
 텁석부리 중년인은 휘청거리는 몸의 중심을 재빨리 잡고, 놀란 얼굴로 사도무영을 바라보았다.
 그러나 놀람은 이제 시작일 뿐이었다.
 사도무영이 두 손을 교대로 뻗으며 장풍을 펼치자, 배가 일정한 속도를 유지한 채 빠르게 나아갔다.

 석양이 서쪽 섬 위로 떨어질 무렵 텁석부리 중년인이 손을 뻗어 한 곳을 가리켰다.
 "저 섬이 삼령도요."
 그는 백 리를 두 시진 만에 달려왔다는 게 믿어지지 않는지 얼굴이 벌게져 있었다.

이제 남은 거리는 오 리 정도.
사도무영은 손길을 늦추고 삼령도를 바라보았다.
동산이나 다름없는 작은 산 세 개로 이루어진 섬이었다.
섬에 가까워지자, 언뜻 동산 위에 서 있는 사람이 보였다. 땅딸막한 몸에 울긋불긋한 모자를 쓴 노인이었다.
"저 늙은이가 바로 섬의 주인이오. 성질이 고약하니 조심해야 할 거요."
중년인이 이를 갈며 말했다.

섬 가장자리에 배를 대고 세 사람이 내리자, 텁석부리 중년인이 말했다.
"나는 저쪽 섬에 있겠소. 내일 정오까지 기다릴 테니, 일 다 보시거든 부르시오. 만일 그때까지 오지 않으면 그냥 가겠소."
중년인이 말한 섬은 모래가 쌓여 만들어진 갈대섬이었다.
삼령도에서 십 리 정도 떨어져 있었는데, 어차피 어두워지기 직전이니 그곳에서 밤을 샐 모양이었다.
"알겠습니다."
사도무영은 흔쾌히 대답하고 섬 안으로 걸음을 옮겼다.
그때 저만치서 다가오는 사람이 보였다. 동산 위에 서 있던 땅딸막한 노인이었다.

만귀자 종리곽은 배에서 내린 사람들을 보고 눈살을 찌푸렸다. 모두 무기를 들고 있는 강호인이었다.

'저 빌어먹을 놈들이 이곳엔 왜 온 거지?'

삼십여 장 떨어져 있는데도 만만치 않게 느껴진다.

그는 멈춰 서서 세 사람이 다가오기를 기다렸다. 그리고 뒷짐 손의 소매 속에서 작은 깃발을 꺼내고는, 천천히 걸음을 옮기며 깃발을 꽂았다. 여차하면 기문진에 가두어 놓고, 진을 뺀 다음에 사유를 들어보면 될 터였다.

잠깐 사이 열여섯 개의 깃발이 풀 사이에 꽂혔다.

그는 가장 중요한 깃발 두 개를 양손에 들고서, 뒷짐을 쥐어 감췄다. 그리고 세 사람이 다가오는 것을 바라보았다.

'보는 즉시 제압해서 매달으라고 했지?'

사도무영은 풍허도인의 말을 떠올리며 종리곽을 응시했다.

땅딸막한 체구, 생쥐처럼 생긴 얼굴, 거기에 울긋불긋한 모자까지 쓰고 있으니 마치 곡예단의 광대 같았다.

그와의 거리는 십오륙 장 정도. 한데 뒷짐을 지고 있는 모습이 왠지 이상하게 느껴졌다.

사도무영은 재빨리 종리곽의 주위를 살펴보았다. 풀 사이로 뭔가가 보였다. 형형색색의 작은 깃발이었는데, 대충 봐도 십여 개가 눈에 들어왔다.

아마도 기문진을 펼치는 도구인 듯했다.

사도무영은 풍허도인의 말이 옳다는 걸 알고 속으로 조소를 지었다.

 이영영이 워낙 철저히 관리해서 외부에는 거의 알려지지 않았지만, 신동으로 소문난 그였다.

 서고의 수천 권 책 중 그가 안 본 책이 거의 없었다. 그중에는 기문진에 대한 것도 있었다. 비록 기초적인 것이었지만.

 그러나 신동이 달리 신동인가?

 기초적인 것만 가지고도, 그 이상의 것을 만들어 낼 수 있는 게 바로 신동이었다.

 기문진보다 무공이 더 좋아 소홀히 하긴 했어도, 기문진에 대해선 남 못지않게 알고 있는 그였다.

 그는 십여 장의 거리를 남겨두고 한발 먼저 앞으로 나섰다.

 양류한과 장막심은 굳이 급하게 뒤따르지 않았다. 삼령도의 주인에게 볼 일이 있는 사람은 사도무영이지 자신들이 아닌 것이다.

 "안녕하셨습니까, 종리 노선배님."

 사도무영이 십 장 이내로 들어오자 슬그머니 뒷짐 진 손을 풀던 종리곽은 멈칫하며 눈살을 찌푸렸다.

 이곳에 자신이 산다는 걸 알고 있는 강호인은 그리 많지 않다. 한데 젊은 놈이 자신을 정확히 알고 있는 것이 아닌가.

 "네놈은 누군데 나를 아는 것이냐?"

 "저는 구화산에서 온 사도무영이라 합니다. 혹시 아실지 모르겠습니다만……."

대화를 나누는 사이에 오 장으로 줄어들고, 말을 끄는 동안 일 장이 더 좁혀졌다.

사도무영이 목소리를 낮추고 말을 길게 끌자, 종리곽은 자신도 모르게 고개를 살짝 내밀며 귀를 쫑긋 세웠다.

찰나!

사도무영의 신형이 바람처럼 날아갔다.

뒤늦게 종리곽이 양손에 들린 깃발을 뿌리려 했을 때는, 이미 사도무영이 진세의 안전권인 이 장 안으로 들어온 후였다.

"네놈이 어디서……."

대경한 종리곽이 홱 손을 뿌려 깃발을 꽂고 쌍장을 휘둘렀다.

하지만 사도무영은 하얗게 웃으며 종리곽의 두 손을 잡아 버렸다.

동시에 종리곽의 몸뚱이가 허공으로 솟구쳤다.

"어헉!"

사도무영은 종리곽이 공중제비를 도는 사이 세 군데의 혈도를 짚었다. 그리고 얌전히 바닥에 내려놓고는, 마저 못 다한 말을 했다.

"노선배님에 대해선 청성의 풍허도인께서 말씀해 주셨습니다. 그런데 그분이 그러시더군요. 기문진 안으로 도망칠지 모르니, 나무에 거꾸로 매달아 놓고 물어보라고요."

순간 종리곽의 안색이 해쓱하게 변했다.

다행히 아혈은 막히지 않은 상태. 그는 입술을 덜덜 떨며 욕설을 퍼부었다.

"그 죽어서 지옥에 떨어질 늙은이가 감히 뭐라? 나무에 거꾸로 매달아? 오냐, 이놈! 어디 매달아 봐라! 내가 입을 여나!"

"누가 매달겠다고 했습니까? 풍허도인께서 그리 말했다는 것이지요."

순간적으로 종리곽의 눈빛이 흔들렸다.

그는 어릴 때부터 거꾸로 매달리는 것을 싫어했다. 동네 애들이 박쥐처럼 생겼다면서 놀렸던 것이다.

풍허도인이 그 사실을 안 것은, 그가 종리곽을 거꾸로 매달아 본 적이 있기 때문이었다. 풍허도인은 장난으로 그랬지만, 종리곽은 악을 쓰면서 제발 내려달라고 했다.

그 후부터 풍허도인은 요구할 것만 있으면 그를 협박했다. 거꾸로 매달겠다면서.

'죽일 놈의 늙은이!'

이를 뿌드득 가는 그를 향해 사도무영이 말했다. 최대한 부드럽게. 강조할 것은 강조하면서.

"제가 원하는 대답만 순순히 해주신다면, 저는 절대! 노선배님을 나무에 거꾸로 매달 생각이 없습니다. 손자나 다름없는 제가 어떻게 그런 짓을 할 수 있겠습니까?"

"저, 정말이냐?"

"물론이지요. 비록 나이는 어리지만, 한 번 뱉은 말은 반드시 지키는 사람입니다."

종리곽에겐 선택의 여지가 없었다.

"조, 좋다. 내가 아는 거라면 뭐든 알려주마. 그러니 어서 혈도를 풀어라."

"죄송합니다만, 그것은 조금 나중에 풀도록 하겠습니다. 대신 제가 안고 갈 테니, 손자에게 안겨간다 생각하시고, 기분 좋게 받아들이십시오."

청산유수다.

옆으로 다가와 지켜보던 양류한은 혀를 내둘렀다.

'아버지도 저런 말에 넘어가서 나를 보냈는가 보군.'

장막심은 감탄하며 과연 자신이 아우로 삼을 만하다는 생각을 했다.

'진짜 말 잘한다. 저 노인, 감격해서 눈을 떠는 것 좀 봐.'

종리곽은 눈을 떨며 속으로 이를 갈았다.

'빌어먹을 새끼, 그냥 풀어주면 되지 뭔 말이 많아?'

하지만 그 말을 입 밖으로 내뱉지는 않았다. 그랬다간 거꾸로 매달지 모르니까. 이렇게 입이 번지르르 한 놈은 믿을 수가 없었다.

"조, 좋아. 그럼 네가 나를 안아서 저쪽 산 너머에 있는 집으로 데려가라."

사도무영이 조용히 웃으며 그를 안아 들었다.

"그런데 저 깃발을 회수하려면 순서가 어떻게 됩니까? 보아하니 구궁(九宮)을 정반(正反)으로 엮어서 배열한 것 같은데 말이죠. 시간이 있으면 제가 알아서 뽑겠는데, 곧 어두워질 것 같으니 노선배님이 알려주시죠. 팔백(八白)의 생문(生門)에 꽂힌 것을 뽑을까요, 아니면 일백(一白)의 휴문(休門)에 꽂힌 것부터 뽑을까요?"

만귀자는 움찔하며 속으로 안도했다.

확실히 보통 놈이 아니다. 만일 진을 빠져나가지 못할 거라 생각하고 이판사판으로 나갔으면, 영락없이 거꾸로 매달렸을 것이 아닌가.

그는 솔직히 말해주었다.

"휴문에 꽂힌 것부터 뽑아라."

2.

종리곽의 집은 세 개의 산 중앙에 있었는데, 방으로는 사도무영과 종리곽만이 들어갔다.

사도무영은 종리곽을 침대 위에 가만히 내려놓고 방 안을 둘러보았다.

한쪽 벽에는 책이 수북이 쌓여 있고, 반대쪽 벽에는 온갖 부적과 산대, 깃발 등 별의 별 물건으로 가득 채워져 있었다.

"아늑하고 멋진 방이군요."

누구든 들어오면 섬뜩해서 기가 질리는 방이 아늑하다고? 이제 보니 제정신이 아닌 놈인 것 같다.

종리곽은 그래서 더 불안했다.

"이제 혈도를 좀 풀어주지 그러느냐. 어차피 방 안에선 진을 펼치지도 못하는데 말이다."

사도무영은 그 말에는 가타부타 아무 대답도 하지 않고, 먼저 질문부터 했다.

"구천신교에 대해 아십니까?"

종리곽의 눈빛이 파르르 떨렸다.

"무, 무슨 소리냐?"

"아시나 보군요."

"내가 언제……."

"모르는 분들은 한결같이 구천신교에 대해 왜 묻는지부터 알려고 하더군요."

그럴싸하게 들리긴 해도 그게 이유가 될 수는 없었다. 하지만 종리곽은 찔리는 부분이 있으니 반박을 하지 못했다.

"……."

"구천신교가 아홉 종파로 나누어져 있고, 그중 가장 강력한 종파인 현천교의 주인이 대교주로서 아홉 종파를 다스리고 있다는 것까지는 알고 있습니다. 그런데 총단의 위치를 알려 해도 아는 사람이 아무도 없더군요. 아시면 좀 가르쳐 주시지요."

 사도무영은 질문을 마치며 종리곽을 지그시 응시했다. 심해의 어둠처럼 가라앉은 무심한 눈빛으로.

 종리곽은 심장이 쿵쿵거리며 숨이 콱 막혔다.

 "어, 어떻게 네가 그걸……."

 하도 놀라서 자신도 모르게 그 말을 뱉어낸 그는 급히 입을 다물었다.

 "처음에는 총단의 위치나, 그도 아니면 구천신교에 대한 정보를 얻을 수 있을지 모른다고 생각했지요. 그런데……. 저걸 보고, 노선배님이 구천신교와 직접적인 관련이 있다는 걸 알았지요."

 사도무영은 고저 없는 목소리로 말하며, 부적이 빽빽이 붙어 있는 벽을 바라보았다.

 그러고는 진기로 방 안의 소리가 밖으로 나가지 못하게 막은 후 천천히 입을 열었다.

 "저 부적 중 서너 장에 현천교의 법문이 적혀 있는데, 아닙니까?"

 종리곽은 정말로 숨이 막혀 버렸는지 얼굴이 하얗게 변했다.

 "네, 네가 어떻게…… 현천의 법문을……."

 사도무영은 종리곽을 뚫어지게 바라보았다.

 "현천교의 교도이십니까?"

"아, 아니다. 난 현천교의 교도가 아니야."

"그런데 어떻게 현천의 법문을 알고 계신 겁니까?"

"그, 그건……."

"증거가 눈앞에 있는데 변명이 통할 거라 생각하셨다면 저를 너무 쉽게 생각하시는 것 같군요."

"그, 그게 아니라니까. 사실은……."

종리곽은 입술을 파르르 떨며 말을 더듬더니, 어쩔 수 없다 생각했는지 한숨을 내쉬었다.

"후우……. 좋다. 내 다 말해줄 테니 일단 혈도부터 풀어줘라."

사도무영은 묵묵히 종리곽을 바라보고는, 허공을 격하고 지풍을 쏘아서 혈도를 풀어주었다.

종리곽은 침상에 가부좌를 틀고 앉았다. 그리고 멍하니 허공을 쳐다보더니, 천천히 고개를 내리고 입을 열었다.

"현천의 법문은 내가 쓴 것이 아니다. 오래전 내 형님께서 쓰신 거지."

"형님이라고요?"

"그래. 형님께선 현천교의 구대교령 중 하나인 자교령(紫敎슈)이셨다더군. 이십 년 전 포교를 위해 세상으로 나오셨는데, 현천교가 변질되었다며 한탄하시더니 돌아가지 않으셨지. 그 후 줄곧 이곳에서 나와 함께 살아오셨다. 그러다 칠 년 전에 돌아가셨지만."

사도무영의 얼굴에 실망감이 떠올랐다. 종리곽이 현천교도 일지 모른다 생각했는데 그게 아니었다니.

하지만 곧 실망감을 지우고 다시 물었다.

"그분이 노선배님께 구천신교에 대한 것을 알려주지 않으셨습니까?"

"형님께선 진솔한 현천교의 교도셨다. 비록 변질된 그곳으로 돌아가기 싫어 이곳에 남으셨지만, 현천교에 해가 될 말은 거의 하지 않으셨지."

거의? 전혀 없지는 않다는 말.

"뭐든 좋으니 그분이 하신 말씀을 좀 해주시지요."

"별것은 없다. 그저 가끔 중얼거리는 말이나 듣고, 내가 열 번을 물어봐도 겨우 한 번 대답할까 말까 하셨으니까."

"그거라도 기억나는 대로 말씀해 주십시오."

"뭐 구천신교가 아홉 종파로 나누어져 있다는 건 알고 있으니 더 말할 건 없을 것 같고……."

종리곽은 이마를 찌푸린 채 기억을 떠올리더니 눈을 조금 크게 뜨며 말했다.

"아, 맞아. 자신처럼 남은 사람이 또 있다고 했던 것도 같군."

"혹시 그분이 황산에 사시지 않습니까?"

종리곽의 작은 눈이 홉떠졌다.

"정말 많은 것을 알고 있군. 같이 나온 친구가 황산에 같이 있자고 했는데, 나 때문에 동정호로 오셨다고 했다."

"그분을 만나보셨습니까?"

종리곽은 고개를 저었다.

"내가 왜 그 사람을 만나? 잘못하면 나까지 위험해질지 모르는데."

"총단에 대한 것은 말씀하신 게 없습니까?"

종리곽이 입맛을 다시며 고개를 저었다.

"쩝, 솔직히 나도 굉장히 궁금했다. 구천신교라는 곳이 도대체 어디에 있는지 말이야. 얼마나 꽁꽁 숨어 있는지 강호에 아는 사람이 거의 없거든. 그래서 돌아가시기 전에 넌지시 물어봤는데…… 형님이 고개를 젓더군. 총단이 옮겨져서 자신도 알지 못한다고."

사도무영의 눈이 절로 크게 떠졌다.

"총단이 옮겨졌다고요?"

"지난 천 년간 구천신교의 총단 역할을 한 현천교는 무산의 깊은 계곡에 있었다고 한다. 그런데 신임교주가 옮기기로 했다는 거야. 세상의 중심이 되기에는 너무 협소하다면서. 형님 말로는, 당신이 나오기 전에 기가 막힌 복지(福地)를 찾았다고 했으니, 진즉 모든 게 옮겨졌을 거라고 하더군."

'제길!'

눈앞에 있던 거대한 산이 눈 한 번 감았다 뜨니까 신기루처럼 사라진 기분이었다.

하지만 많은 정보를 얻었고, 현천교와 관계된 사람도 만났다. 총단의 위치를 알 수 있는 방법도 아직 하나 남아 있고.

사도무영은 마음을 추스르고 종리곽에게 다시 물었다.

"혹시 그 복지에 대한 말은 없었습니까? 하다못해 지역이든 뭐든, 들은 것이 있으면 말씀해 주십시오."

종리곽은 눈을 좁히고 고개를 갸웃거렸다.

"신농정 근처일지 모르겠다고 하시긴 했는데, 그것만으로 뭘 알아낼 수 있겠나?"

신농정이라면 예상했던 곳 중 하나.

그나마 아무것도 모르고 있는 것보다는 나았다.

"사람이 적지 않을 테니, 상당히 넓은 곳이어야겠군요."

"아무래도 그렇겠지. 교도가 일천 명이 넘는다고 했으니……."

"일천 명이라고요? 구천신교의 인원이 그것밖에 안 된단 말씀입니까?"

"현천교의 인원만 말한 거네."

사도무영은 그 말에서 한 가지 사실을 깨달았다.

"그럼 구천신교의 아홉 종파가 한 곳에 모여 있는 게 아니란 말입니까?"

"맞아. 무산에서 신농정을 거쳐 대파산에 이르기까지 퍼져 있다더군."

문득 양원정의 말이 떠올랐다. 총단이 여러 곳이라는 소문이 있다고 했다. 종리곽의 말대로라면 그러한 소문이 퍼진 것도 이해가 되었다.

"형님 되시는 분의 함자가 어떻게 되십니까?"

"종리 성에 고자, 명자를 쓰셨다."

사소한 것이라 해도 흘려버리기가 아까웠다.

이름, 지위. 어떤 것이든 알아 두면 도움이 될지 몰랐다.

"황산에 계신 분이 친한 분이라 하셨는데, 그분 말고 또 다른 이름에 대해서 들은 것이 없습니까?"

종리곽의 이마 주름이 두 배로 늘어났다.

"가끔 술을 드시면 중얼거리던 이름이 몇 있긴 한데……."

사도무영이 눈을 빛내며 말했다.

"기억이 안 나시면, 제가 기억을 되살릴 수 있게 도와드리지요."

'헉!'

종리곽의 안색이 해쓱해졌다.

이놈이 무슨 짓을 하려고!

"그, 그럴 필요 없다! 조금만 쥐어짜면 기억이 날 게야!"

그가 워낙 격하게 거절하자, 사도무영은 도와주려던 것을 일단 뒤로 미루었다.

'회천선기로 머리를 맑게 하면 오래 된 기억도 되살릴 수 있을 텐데…….'

하지만 본인이 싫다는 데야.

그사이 종리곽은 당시 들었던 이야기를 떠올리기 위해 혼신을 다했다.

'보기보다 독한 놈이군. 별것도 아닌 걸 알기 위해서 늙은 이를 거꾸로 매달려고 하다니.'

늦으면 놈이 매달지 몰랐다. 그 전에 잠자고 있는 기억을 두들겨 패서라도 깨워야 했다.

다행히 그는 반각이 지나기 전에 몇 사람의 이름과 그 이름이 연관되어 있는 이야기를 떠올릴 수 있었다.

"허허허, 아직 머리가 녹슬지는 않았군. 내 이야기를 해주지."

3.

사도관은 나민, 광효와 함께 선착장으로 향했다.

선풍장원을 치려던 마종문의 무사들과 한바탕 싸움을 벌인 지 사흘이 지났다. 사실 싸움이 아닌 일방적인 도살이었지만.

발 없는 말이 천리를 간다 했던가?

어떻게 알려졌는지, 장강까지 내려오던 중 객잔에 들를 때마다 그 일에 대한 이야기가 들려왔다.

마침 그곳을 지나던 전대의 노고수가 그들을 죽였을 거라는 자도 있었고, 어떤 자는 정천맹이 그들의 움직임을 미리 알고 있다가 급습을 했을 거라고도 했다.

설왕설래하는 그들을 보고, 사도관은 입이 근질거렸다.

―커험! 그놈들은 우리가 처치한 것이오!

그렇게 말하고 싶었지만, 꾹 참고 속으로 흐뭇한 웃음을 지었다.

아직 때가 아니었다. 이제 겨우 잡졸들 몇 해치운 것일 뿐이다. 보다 더 멋진 날을 위해 작은 기쁨은 참아야만 했다.

'자고로 영웅은 영웅답게 등장해야 하는 법이지! 아암!'

사도관은 속으로 흐뭇해하며 선착장을 바라보았다.

장강가의 갈대를 흔들며 불어오는 선선한 바람이 머리카락을 흔들며 지나간다.

여량산에선 이미 첫눈이 내렸을 시기이거늘, 장강의 바람에선 아직 찬 기운이 느껴지지 않는다.

'추위에 고생하지 않는 것만 해도 이 고장 사람들은 복 받은 거지.'

사도관은 불어오는 바람을 가슴에 안고 배가 늘어서 있는 곳으로 다가갔다.

선착장에는 많은 사람들이 배를 타기 위해 대기하고 있었다. 대부분이 양민들이었고, 드물게 무사들도 보였다.

세상이 험하다 보니 상인들이 보표들을 대동하는 경우가 많았는데, 상인과 함께 있는 걸 보니 저들도 보표인 듯했다.

걸음을 멈춘 그가 장강을 건널 배를 찾는데, 상류에서 내려오던 배 한 척이 선착장에 도착했다. 곧 선교가 걸쳐지고, 봇짐을 둘러멘 상인과 양민들이 잰걸음으로 배에서 내렸다.

한데 그때였다. 배에서 내리던 사람들을 바라보던 사도관의 눈이 휘둥그레졌다.

"어? 저 인간이 왜 저기에 있지?"

무사 다섯이 배에서 내리고 있었다. 가슴에 '청운'이라는 글이 새겨져 있는 두 사람이야 안경에 들어온 이후 몇 번 본 적이 있는 청운표국의 표사들 같았다.

문제는 나머지 세 사람이었다.

단학과 그의 수하들. 그들이 표사들과 함께 배에서 내리는 것이 아닌가.

"상공. 저분, 그때 그분이잖아요?"

나민도 단학을 알아보고 사도관의 귀에 속삭였다. 비록 잠깐 보긴 했지만, 모를 수가 없었다. 단학과 같은 특징을 지닌 사람이 세상에 몇이나 될 것인가.

더구나 나민은 여자다. 여자는 얼굴에 대해서만큼은 남자들보다 기억력이 훨씬 좋았다.

"무슨 일인지 모르겠군. 왜 저 인간이 표사들과 함께 움직이는 거지?"

사도관은 슬쩍 소매로 얼굴을 가리고 단학의 움직임을 훔쳐보았다. 항상 단독으로 행동하는 단학이 표사들과 일행처럼 움직이고 있었다. 그것만으로도 그의 흥미를 끌기에 충분했다.

'천보장과 결별하고 청운표국의 표사가 되기로 했나? 그럴 리는 없는데······.'

사도관은 단학을 잘 알았다. 이영영이 미처 모르고 있는 사실까지도.

단학은 단순히 졌다고 해서 이영영의 수하가 된 것이 아니었다.

그는 이영영을 짝사랑하고 있었다. 하늘이 무너져도 그는 그녀를 배신하지 않을 사람이었다. 그녀가 목숨을 원한다면, 단학은 웃으면서 죽어줄 사람인 것이다.

사도관은 그의 마음을 알고도 대범하게 모든 것을 용서했다. 어떻게 보면 가련한 사람이었다. 천귀살을 가련하다고 하면 사람들이 이상하게 볼지 모르지만, 절대 자신의 것이 될 수 없는 여자를 평생 가슴에 품고 살아간다는 것은 분명 행복한 일만은 아닐 것이었다. 더구나 자신이 이룬 모든 것을 포기하고 말이다.

단학을 보던 사도관이 광효를 향해 고개를 돌렸다.

"승 형, 아무래도 장강을 건너는 일을 잠시 미루어야 할 것 같소."

"무슨 일인가?"

"내가 아는 사람이 이곳에서 뭔가를 조사하고 있나 보오. 그게 무엇인지 알아봐야겠소."

"그 일이 황산으로 가는 것보다 중요한가?"

자신이 아는 한, 단학이 조사할 것은 두 가지뿐이다.

자신과 자신의 아들, 사도무영에 대한 것.

하기에 사도관은 그냥 지나칠 수가 없었다. 잘하면 아들에 대한 정보를 얻을 수 있을지도 모르니까.

"나에게는 그렇소. 그러니 정 지금 가고 싶다면, 승 형 혼자 강을 건너시오."

"빈승 혼자 가서 뭐하라고? 본래 황산은 그대 때문에 가려 했던 게 아닌가? 혼자 가기는 싫다."

"그럼 일단 이곳의 일부터 보고 갑시다."

광효가 고개를 돌리더니 단학을 쳐다보았다.

"그대가 안다는 사람이 저 사람인가?"

사도관이 고개를 끄덕이자, 광효의 두 눈에서 붉은빛이 일렁였다.

"정제된 살기로 똘똘 뭉친 자군. 많은 사람을 죽였겠어."

"그래도 악한 자는 아니외다. 나와 내 아들을 구해준 적도 있고 말이오."

"그런가? 그나마 다행이군. 그대가 아는 사람만 아니었으면 머리를 터트려서 죽였을 게야."

사도관은 힐끔 단학의 뒷모습을 바라보았다.

'단 형, 내 덕에 살아난 줄 아쇼. 크크크……'

그는 광효가 얼마나 살벌한 사람인지 누구보다 잘 알았다.

마종문의 무사 백여 명 중 팔십여 명이 그에게 죽었다. 지켜보던 사도관조차 질릴 정도의 가공할 손속에, 처참하게.

단학이 아무리 강하다 해도 광효의 상대는 아니었다.

"자, 뒤를 따라가 봅시다."

사도관은 단학이 청운표국으로 들어가는 것을 보고 코를 매만졌다.

'표국의 정보망을 이용해서 나와 무영이를 찾으려고 하는 건가?'

그럴 가능성도 있었다. 하지만 단학의 전직을 아는 그이기에 의문이 들었다.

표국은 정파와 연이 닿아 있는 곳이 대부분이다. 반면 단학은 살수 출신, 그것도 살문의 주인이었던 사람이 아닌가.

단학이 그들과 손을 잡을 리가 없었다. 정체가 밝혀질지 모른다는 위험 때문에라도.

'단학이 위험을 무릅쓰고 표국 사람들과 함께 있다는 것은, 결국 표국 사람들과 함께해야 할 만한 뭔가가 있다는 말인데······.'

어쩌면 그 목적이 아들인 무영이 때문일 거라는 게 사도관의 결론이었다.

자신 때문이라면 위험을 자초할 그가 아니니까.

"어떻게 할 건가?"

뒤에서 광효가 물었다.

사도관은 매만지던 코에서 손을 떼고 담담히 대답했다.

"일단 단학을 만나봐야겠습니다."

전이었다면 끌려갈 게 걱정 돼서라도 절대 만날 일이 없었다. 피하면 피했지.

그러나 지금은 전과 달랐다. 절대 끌려가지 않을 자신이 있었다.

다만 걱정은, 나민과의 관계가 문제였다.

눈치 빠른 단학이라면 단숨에 두 사람의 관계를 눈치챌 것이 분명했다.

하지만 사도관은 부딪치기로 작정했다.

단학이 당분간만이라도 입을 다물어주면 좋고, 설령 바로 알려도 어쩔 수 없었다. 어차피 드러날 일이니까.

'정 난리치면 돌아가는 걸 몇 년 늦추지 뭐. 까짓 거, 두려워할 거 없어!'

숨을 크게 들이쉰 사도관은 청운표국을 향해 힘차게 발을 내딛었다.

단학은 가느다란 눈으로 사도관을 바라보았다.

놀라서 잠깐 정신을 잃은 것처럼 아무런 움직임도 없었다.

그런 단학을 향해 사도관이 빙그레 웃었다.

"보아하니 편하게 지낸 것 같지는 않군."

삼령도(三嶺島)

"어, 어떻게…… 된 겁니까, 대공?"

그래도 정신을 잃지는 않은 듯 단학이 앵두 같은 입술을 벌려 물었다.

"어떻게 되긴요? 몸의 내상도 치유하고, 무공도 익히고 하면서 지냈지요."

"장에 돌아가시지 않았나 보군요."

"당연한 일이 아니오? 갔으면 내가 여기 있을 리가 없잖소?"

그건 그랬다. 여장주를 만났다면, 지금쯤 뼈가 몇 개 부러져서 누워 있을지도 몰랐다.

그 생각을 하자 사도관이 조금은 안 되었다는 생각이 들었다.

'당신도 참, 어쩌다 그렇게 강한 여자를 만나서……'

하지만 단학은 더 이상 생각을 이어갈 수가 없었다.

그런 여자가 좋아서, 한 번 졌다는 핑계를 대고 살문을 팽개친 자신은 또 뭐란 말인가?

'후우, 운명의 장난이지.'

그때 사도관이 입을 열어 단학의 상념을 끊었.

"한데 단 형은 왜 여기에 있는 것이오?"

"공자 때문입니다."

역시 그랬군!

"그럼 무영이가 여기 있단 말이오?"

"그게 아니라……."

단학은 강후와 이원적에게 들은 이야기를 모두 해주었다. 중경에서 헤어졌는데, 청운표국으로 다시 돌아온다고 했다는 것까지.

사도관과 광효가 동시에 놀란 목소리를 토해냈다.

"옥룡주?"

"용검회!"

사도관은 보물의 출현에 놀라고, 그 일에 아들이 엮였다는 것이 걱정되어서. 광효는 밀천십지 중 하나인 용검회의 출현 소식에 피가 끓어서.

"무영이가 언제 돌아온다고 했소?"

"그건 확실히 모르겠습니다만, 반드시 돌아오겠다고 한 걸로 봐서 돌아오는 것은 확실한 것 같습니다."

"그 녀석, 약속 하나는 철저한 놈이지. 오겠다고 했으면 올 거야. 그런데…… 그 말만 믿고 다시 돌아왔단 말이오?"

단학이 얼마나 끈질긴데 말 몇 마디에 돌아온단 말인가?

결코 단학답지 않은 행동이었다.

그러나 사도관이 모를 뿐, 단학도 세월이 지나며 많이 바뀌어 있었다.

'그럼 내가 어디 있는지도 모르는 공자를 찾기 위해서 죽어라 고생해야 속이 시원하겠소?'

어쩌면 정말로 그런 마음일지 몰랐다. 동정호에서 여인과 신나게 놀고 있던 사도관을 잡아온 게 자신 아닌가 말이다.

 사도관의 마음을 어느 정도 인정한 단학은 그럴 듯한 이유를 댔다.

 "본래 사람을 잃어버리면, 잃어버린 곳에서 기다리는 것이 가장 좋은 방법입니다."

 "나도 그런 말을 들어본 것 같기는 하구려."

 사도관이 고개를 끄덕였다. 더 몰아붙여 봐야 좋을 게 없었다.

 그때 단학이 나민을 향해 고개를 돌리며 물었다.

 "저분은 예전에 봤던 분 같습니다만, 아직도 같이 다니시나 보군요."

 마침내 올 것이 오고야 말았다.

 사도관은 어깨를 떡 펴고, 눈과 목에 힘을 주고 말했다.

 "단 형, 이 사람은…… 내 둘째 부인이오."

 될 사람도 아니고, 아예 둘째 부인이란다.

 나민은 얼굴이 살짝 달아올라 고개를 숙이고, 단학은 멍한 표정으로 사도관을 쳐다보았다.

 바람도 없는데 웬 헛소리가 들렸는지 모르겠다는 표정.

 그러나 곧 사도관의 말이 진심임을 알고는, 자신도 모르게 버럭 소리를 질렀다.

 "진짜로 장주님 손에 죽고 싶습니까?"

 사도관은 '장주님' 이라는 단어만 듣고도 움찔하며 어깨에 들어간 힘이 빠졌다. 하지만 이대로 물러설 수는 없었다.

"나와 헤어진 그날, 이 사람이 내 목숨을 구해주었소. 내 목숨은 이 사람 거나 마찬가지란 말이오. 그러니 마누라가 아무리 뭐라 해도 내 마음은 변하지 않을 거요."

그제야 단학은 일이 어찌된 것인지 깨달았다. 그의 가느다란 눈초리가 밑으로 살짝 처졌다.

"절대, 절대 가만있지 않을 겁니다. 아시잖습니까? 아마 대공은 물론, 이 여인도 위험해질 겁니다."

사도관은 천천히 고개를 저었다.

"무슨 말을 해도 소용없소. 이미 구름은 비가 되어 쏟아졌고, 빗물은 황하를 따라 바다로 흘러갔소. 우리 두 사람의 관계는 그녀라 해도 어쩔 수 없소."

"후우, 이거 참……."

단학의 통통한 입술에서 한숨이 흘러나왔다.

진심으로 걱정에 찬 표정.

사도관은 그런 단학을 직시한 채 또박또박 말했다.

"단 형은 아직 모르겠지만, 나, 제법 강해졌소. 이제는 마누라도 나를 이기지 못할 거요. 그러니 너무 걱정하지 마시오."

"대공은 장주님이 얼마나 강한지 모르시는군요. 장주님은 겉으로 드러난 것보다 세 배는 강하십니다."

"나는 열 배 강해졌소."

자신만만한 말투.

단학은 사도관을 뚫어지게 바라보았다. 그러다 사도관이 전과 많이 달라졌다는 것을 느꼈다.

정말 그 정도로 강해졌단 말인가? 이 년 몇 개월 만에?

믿을 수가 없었다.

"그럼 저와 비무를 해보지요."

그때 조용히 서 있던 광효가 입을 열었다.

"그 전에 빈승이 묻고 싶은 게 있다."

단학은 '저 땡중은 또 뭐지?' 하는 마음으로 광효를 응시했다.

기다란 머리카락은 흐트러져 있고, 눈빛도 기이하게 번들거렸다. 거기다 승복에는 뭐가 그리 많이 묻었는지 지저분하기 짝이 없었다.

사도관과 왜 같이 있는지 몰라도, 제정신이 아닌 것처럼 보이는 중이었다.

"뭘 묻겠다는 거요?"

"조금 전에 용검회라고 했는데, 정말 그들이 나타났단 말인가?"

언제 봤다고 반말인가? 중이 되어 가지고 가사에 피나 묻어 있고 말이야.

아무리 생각해도 사이비 땡중이 분명했다.

"내가 직접 보지는 못했소만, 본 사람들이 그리 말했소. 그러니 믿든 말든, 그건 당신이 알아서 하시오."

"그들이 어디로 갔는지 알고 있는가?"

"모르오."

단학은 차갑게 외마디로 대답하고 고개를 돌렸다.

그는 자신을 다그치는 사람을 싫어했다. 오직 한 사람, 이영영만 빼고.

"용검회의 사람들을 만났다는 그 사람들은 어디에 있지? 빈승이 직접 만나봐야겠다."

단학은 광효가 끈질기게 묻자, 싸늘한 눈으로 광효를 노려보았다.

"내가 그걸 당신에게 알려줘야 할 의무는 없는 것 같소만. 알고 싶으면 당신이 알아보시지."

순간, 광효의 눈빛이 불길에 기름이 부어진 것처럼 화르르 타올랐다.

단학은 순간적으로 숨이 덜컥 멎었다.

지옥의 불길과 마주친 기분! 두 눈이 타들어가는 듯했다.

아마 사도관이 나서지 않았다면, 바로 도를 빼들었을지도 몰랐다.

"어허, 승 형! 참으시죠. 아직 단 형이 승 형에 대해 몰라서 그런 거요!"

광효의 눈에서 일어난 불길이 빠르게 사그라졌다.

"아, 미, 타, 불⋯⋯."

광효는 불호를 외우며, 살기와 부딪치면서 끓어오른 진기를 가라앉히고 단학을 응시했다.

단학은 도를 움켜쥔 채 이를 악물었다.

'도대체 이 땡중은 뭐야?'

눈빛만 보고도 공포감을 느낀 것은 난생 처음이었다.

믿고 싶지 않지만, 조금 전의 상황은 분명 실제였다.

그는 자신에게 그러한 감정을 느끼게 한 광효가 괴물처럼 보였다.

슬쩍 광효의 눈길을 피한 그가 사도관에게 물었다.

"대공……. 누구십니까?"

"하하, 광효라고, 나와 당분간 함께하기로 한 분이오. 손이 좀 맵긴 하지만, 악한 분은 아니니 너무 걱정 마시오."

단학이 전음으로 물었다.

『제정신이 아닌 것 같은데, 위험하지 않겠습니까? 엄청난 무공을 지닌 것 같습니다만.』

사도관도 전음으로 대답했다.

『며칠 전에 한번 싸워봤는데, 서로 비겼소. 그러니 너무 걱정 마시구려.』

단학은 실 같은 눈을 무려 반이나 떴다.

눈빛만으로 자신에게 공포심을 심어준 괴물과 비겼다고? 그게 정말일까?

아니지, 그게 아니라 저 땡중, 혹시 눈빛만 강하고 무공은 별 볼일 없는 것이 아닐까?

그럴지도 몰랐다. 흑도의 건달들도 눈빛은 절정고수나 다름없지만, 실력은 코 묻은 애들이나 위협할 정도가 아닌가 말이다.

'좋아, 대공이 옆에 없을 때 한번 확인해 봐야겠어!'

그 시각.

청운표국의 국주인 임상협은 이원적과 강후에게 사실을 다 털어놓았다.

표물을 맡기면서 조건을 걸었다는 것. 그 조건을 들어주는 대가로 표물비를 두 배 냈다는 것 등등.

그는 이야기를 마치고 허탈한 표정을 감추지 못했다.

"다 내 잘못이네. 돈에 눈이 멀어서 그자의 요구를 다 들어주고 말았으니……. 허어, 어떻게 이런 일이……."

이원적과 강후도 어느 정도 짐작하고 있던 일이었다.

이렇게 큰일에 직접적으로 관련되면 어떤 일이 벌어질지 누구보다 국주가 더 잘 알고 있을 것이었다.

표국을 키우기 위한 열정은 있지만, 그런 모험을 할 정도로 무모한 사람은 아니었다.

게다가 그가 받은 돈도 표사들을 모두 버려도 될 만큼 큰돈이 아니었다.

"저희는 그 일을 철저히 조사해볼 생각입니다. 허락해 주시지요, 국주."

"자네들이 조사하겠다고? 위험하지 않겠나?"

"마침 저희를 도와주겠다는 분을 만났습니다. 임시표사였던 사 공자와 가까운 사이인 분인데, 사 공자도 기다릴 겸 도와주겠다고 합니다."

사영에 대한 이야기는 귀가 따갑도록 들은 터였다. 그가 아니었다면 표사들이 모두 죽었을 거라 하지 않던가. 그와 가까운 사이라면 믿어도 될 것 같았다.

"그와 연관이 있다면 실력도 괜찮겠군."

"절정고수십니다. 수하가 두 분 있는데 그들도 저희보다 강할 것 같더군요."

절정고수라면 더 바랄 게 없었다.

"알겠네. 나도 자네들의 조사를 최대한 지원하겠네."

"중원표사회에 알리시는 일은 잠시 기다려 주십시오. 저희가 확실한 사실을 확인한 뒤에 알리셔도 될 것입니다."

"으음, 그도 그렇군."

"그럼 저희들은 그만 나가보겠습니다."

더 이상 국주를 압박하는 것은 도움이 되지 않는다.

이원적과 강후는 그 정도로 마무리 짓고 방을 나왔다. 그리고 곧장 단학이 머물고 있는 곳으로 갔다.

그들이 단학을 찾아갔을 때는, 일행이 세 사람이나 늘어나 있었다.

단학은 두 사람에게, 사도관이 사도무영의 부친이라는 사실을 비밀에 붙였다. 그저 이곳에서 우연히 만났는데, 이번 일을 함께 조사해보기로 했다고만 했다.

 용검회까지 연루된 이상, 사도관이 사도무영의 부친이란 게 알려지면 일이 복잡해질지 모르는 것이다.

 솔직히, 사도관의 이름이 천보장에 알려질 게 더 걱정이었지만.

 그래서 이름도 가명을 쓰기로 했다.

 이원적과 강후는 마다하지 않았다. 세 사람 다 고수로 보였다.

 괴상한 중이 마음에 조금 걸렸지만, 지금은 고수가 한 사람이라도 더 필요한 때였다.

 "관도사요."

 "이원적이오."

 "강후라고 합니다."

 사도관은 이름을 거꾸로 말하고는, 강후를 보며 고개를 갸웃거렸다.

 "우리 언제 만났던가요? 왠지 익숙하게 느껴지는구려."

 "그건 아닌 것 같습니다만, 저도 관 대협에게서 익숙한 느낌이 듭니다."

 "하하, 그래요?"

 "저보다 나이가 위이신 것 같으니 말을 놓으십시오, 대협."

사도관은 처음 보면서도 서슴없이 어른 대접하는 강후가 마음에 들었다.
 "흠, 그래? 그럼 내 편히 대하겠네."
 두 사람은 생각지도 못했다.
 사도관이 사도무영의 아버지이며 천화문의 문주인 것을. 강후가 천화문의 심법과 검을 배웠다는 걸. 그래서 익숙한 느낌이 든다는 걸.

제6장
곳간을 털어먹을 놈과
꼬리 흔드는 개나
잡아먹을 놈

1.

　악양 동쪽 외곽에 십만 평의 대지를 차지하고 거대한 장원이 하나 들어서 있으니, 그곳이 바로 전검방(戰劍幇)이었다.
　전검방을 세운 사람은 현 문주인 천승전검(千勝戰劍) 진대광이었다.
　그는 젊을 적, 좌충우돌하며 호남의 강자들을 찾아다녔다. 수많은 무인들이 그의 비무첩을 받았고, 그의 검 아래 무릎을 꿇었다. 개중에는 강호의 이름 있는 절정고수들도 상당수였는데, 특히 호남의 고수들이 많았다.
　한 자루 검을 벗 삼아 강호에 나온 지 십오 년.

나이 사십이 넘어서 악양에 둥지를 튼 그는 추종하는 무사들을 모아 전검방을 세웠다.

그 후 전검방은 기존 세력들과 수많은 싸움을 벌였고, 그 모든 싸움에서 승리했다.

현판이 걸린 지 단 십 년, 전검방은 명실공히 악양 제일의 방파로 우뚝 섰다. 그리고 칠 년이 더 지난 지금은 흑문, 만선방(萬船幇)과 함께 호남 삼대세력의 하나가 되어 있었다.

바로 그 전검방의 거대한 정문 앞에 세 사람이 나타난 것은 신시 무렵이었다.

세 사람은 다름 아닌, 삼령도를 떠나온 사도무영과 양류한, 장막심이었다.

그들이 다가가자, 마침 정문 옆의 쪽문에서 막 나오던 자가 고개를 돌리더니 놀란 눈을 크게 떴다.

"호오, 이게 누구십니까? 장 조장님이 아니십니까?"

짙은 갈색무복을 입고 있는 청년이었는데, 장막심이 그를 알아보고 눈살을 찌푸렸다.

"오랜만이군. 나는 이제 전검방의 사람이 아니니 조장이라 부르지 말게."

"원하신다면 그러지요. 그런데 무슨 일로 오신 겁니까? 다시는 오지 않을 것처럼 떠나시더니. 혹시 다시 본방의 사람이 되기 위해서 오신 건 아닙니까?"

"내 아우가 볼일이 있다고 해서 찾아온 것뿐이네. 바쁜 것 같은데, 자넨 그만 가보지 그러나?"

"한때 본방의 유망한 기재였던 분이신데, 돌아올 마음이 없다니 아쉽군요. 하긴 아직 그 성격을 고치지 못했다면, 돌아와도 있을 만한 자리가 마땅치 않습니다만······. 강호인이 되어서 사람을 죽이지 못하다니. 훗, 정말 웃기는 일이라니까."

비웃음이 가득한 말투였다.

장막심은 그를 잡아 죽일 듯이 노려보았다.

그러나 이곳은 전검방이고, 자신은 전검방의 무사가 아니었다. 말썽이 생겨봐야 좋을 게 없었다.

그가 손을 저으며 짜증내듯이 말했다.

"그만 가라니까?"

갈의청년은 턱을 치켜들고 피식 웃었다.

"갈 사람은 내가 아니라, 당신 같은데? 나는 곧 나오실 공자님을 모셔야 하거든."

한순간에 말투가 변했다. 그동안 존대해준 것은 장난일 뿐이었다는 듯.

"이 빌어먹을 자식이······."

발끈한 장막심이 주먹을 움켜쥐고 청년을 노려보았다.

그때 안쪽에서 조금 가는 목소리가 들려왔다.

"방악, 무슨 일인데 소란이냐?"

"공자님, 별일 아닙니다. 전에 본방을 떠났던 자가 와서 잠시 소란이 있었던 것뿐입니다."

곧 쪽문이 열리더니 안쪽에서 세 사람이 모습을 드러냈다.

셋 중 가운데 서 있던 감색 비단무복을 입은 청년이 눈살을 찌푸리며 장막심을 쳐다보았다.

"그대는 장 조장이 아니오?"

감색 비단무복의 청년은 전검방주 진대광의 조카인 진호봉이란 자였다. 백부의 위세를 믿고 거들먹거리는 그를 장막심은 오래전부터 싫어했다. 그렇다고 묻는데 나 몰라라 할 수도 없는 일. 건성으로 대충 인사말을 건넸다.

"오랜만이오, 공자."

"무슨 일로 온 거요? 대사형을 찾아왔소?"

"그렇소."

진호봉은 조소를 지으며 고개를 끄덕였다.

"들어가 보시오."

장막심은 기분이 나빴지만, 꾹 참고 걸음을 옮겼다.

한데 그때, 진호봉이 사도무영과 양류한을 흘겨보며 말했다.

"훗, 얼굴이 번지르르한 자들만 구해서 수하로 삼았나? 검이나 제대로 다룰 수 있을까 모르겠군."

사도무영은 그 말에 별다른 반응을 보이지 않았다.

쥐새끼 같은 인상을 지닌 자다. 힘 있는 자 앞에서는 도망갈 구석만 찾는 자. 그러한 자의 사소한 도발에 발끈하기에는 구화산에서 죽음과 싸워온 세월이 아까웠다.

하지만 양류한은 달랐다. 그는 얼굴 가지고 시비 거는 걸 병적으로 싫어했다. 상대가 쥐새끼든 개새끼든.

"당신 걱정이나 하시지."

"응? 방금 뭐라 했지?"

"말귀를 못 알아듣는군. 저런 허접한 자들을 데리고 다니다가는 죽기 딱 좋으니까, 당신 걱정이나 하라고."

양류한의 말에 사도무영의 눈이 살짝 커졌다.

'오호! 많이 발전했는데?'

그러나 진호봉의 기분은 사도무영처럼 좋지 못했다. 그가 이마를 좁히자, 처음 장막심에게 말을 걸었던 갈의청년, 방악이 발끈해서 소리쳤다.

"건방지게 감히! 뉘 안전이라고 함부로 주둥이를 놀리는 거냐!"

"전검방은 목소리 큰 놈이 이기는 곳인가 보군."

"뭐야? 네놈이 어디서!"

방악은 쌍심지를 켜고 검을 잡아 뽑았다.

스릉!

양류한도 엄지로 검을 밀어 올렸다. 해볼 테면 얼마든지 해보라는 듯 싸늘한 눈빛은 인형의 것인 양 미동조차 없었다.

방악은 정체 모를 압박감에 숨이 턱 막혔지만, 먼저 검을 빼든 이상 그냥 물러설 수도 없었다.

다행히 상대는 아직 검을 뽑지도 않은 상황. 선수의 묘를 살린다면 질 것 같지는 않았다.

"건방진 놈!"

한소리 내지른 그는 양류한이 검을 뽑기 전에 먼저 검을 뺐었다.

순간이었다. 양류한의 우수가 검병을 잡는가 싶더니, 맑은 쇳소리와 함께 방악의 움직임이 멈췄다.

언제 뽑아들었는지, 양류한의 손에는 한 자루 검이 들려 있었고, 새파란 검첨은 방악의 목 옆 어깨에 얹혀 있었다.

양류한은 방악을 석상처럼 굳게 하고는 차가운 표정으로 입을 열었다.

"생사를 건 싸움이 아닌 걸 다행으로 알아."

방악은 눈을 치켜뜬 채 꼼짝도 하지 못했다.

"검을 치워라!"

진호봉 옆에 있던 두 사람 중 얼굴에 검상이 길게 난 자가 소리치며 나섰다. 그는 진호봉을 보호하기 위해 진대광이 붙여 놓은 쌍위 중 도평산이란 자였다.

양류한은 여전한 표정으로 고개만 살짝 돌렸다.

"왜? 이번에는 당신이 해보겠다는 건가?"

"네놈은 본방이 우습게 보이느냐? 어디서 감히 시비를 거는 것이냐!"

도평산은 큰 소리로 외치고는, 등에 맨 도를 잡아 뺐다. 근처 전검방의 무사들을 자극해서 사도무영 일행을 궁지로 몰아 넣겠다는 의도였다.

그의 의도를 눈치챈 사도무영이 마주 소리쳤다.

"섭장천이란 분을 만나러 왔다는데, 왜 칼부터 들이미는지 모르겠군요. 그분에게 한 맺힌 거라도 있습니까?"

당황했는지, 도평산의 안면근육이 파르르 떨리며, 왼쪽 눈 옆에서 입술까지 길게 난 검상이 살아있는 지렁이처럼 꿈틀거렸다.

남천영검(南天英劍) 섭장천은 명실상부한 전검방의 후계자다. 아니 후계자라는 걸 떠나서, 그는 전검방 젊은 무사들의 영웅이자 미래의 꿈이다.

그의 손님을 무시하는 것은, 곧 그를 무시하는 것과 같았다.

'젠장! 괜히 나섰군.'

하지만 그에게도 할 말은 있었다.

"무슨 소리냐? 네놈들이 먼저 시비를 걸지 않았다면 내가 왜 화를 낸단 말이냐?"

사도무영은 천천히 손을 들어 진호봉을 가리켰다. 그리고 검지로 허공을 콕콕 찌르며 말했다.

"저 사람이 당신 얼굴의 검상을 보고 당신을 모욕했다고 해보지요. 당신이 모욕감을 느끼고 저 사람에게 한마디 했습니다. 그럼 저 사람이 당신에게 시비를 건 겁니까, 아니면 당신이 저 사람에게 시비를 건 겁니까?"

"그, 그건……."

도평산은 바로 대답을 하지 못했다. 어떤 대답을 하든지 곤란에 처할 것은 자신들 뿐인 것이다.

사도무영이 말 못하는 도평산을 더욱 구석으로 몰아붙였다.

"당신이 처음에는 말로 받아쳤는데, 저 사람은 곧바로 검을 빼들고 당신을 공격했습니다. 그럼 누가 잘못한 겁니까? 당신이 잘못한 겁니까?"

"그, 그……."

도평산은 올가미에 목이 걸린 노루처럼 입만 벙긋거렸다.

사도무영은 그쯤에서, 도평산의 목을 조인 올가미를 풀어주었다.

"우리는 섭장천이란 분을 만나러 왔지, 당신들과 다투러 온 게 아닙니다. 계속 방해하신다면, 조금 전의 이야기를 섭장천이란 분에게 말하고 판결을 받을 생각입니다만. 어떻게 생각하십니까?"

"우리가 언제 방해했다고……."

"방해할 생각이 없으시다? 좋습니다! 그럼 없던 일로 하고 그만 들어가 보겠습니다. 좀 비켜주시죠."

도평산은 그 말이 떨어지자마자 재빨리 옆으로 비켜섰다.

진호봉을 비롯한 다른 사람들도 막을 생각을 하지 못했다. 막으면 섭장천의 손님에게 시비를 건 사람이 될 판이었다.

뒷짐을 진 사도무영은 걸음을 옮기며 양류한과 장막심을 불렀다.

"양 형, 그만하고 갑시다. 장 형님이 앞장서시죠."

그러고는 도평산 옆을 지나가며 속삭이듯이 말했다.

"운 좋은 줄 아쇼. 당신처럼 앞을 막았다가 목뼈 부러져 죽은 사람이 하나둘이 아니니까. 내 형님은 사람이 좋으셔서 사람을 못 죽이지만, 나는 지금까지 죽일 사람을 살려둔 적이 없거든."

도평산은 몸을 부르르 떨었다.

갑자기 몸이 천근만근 무거워지고, 목이 뻐근해지면서 등줄기를 타고 식은땀이 주르륵 흐른다. 사도무영의 무저갱처럼 깊은 눈과 잠깐 마주쳤을 뿐이거늘.

'서, 설마⋯⋯. 무형지기?'

장막심은 곧바로 섭장천의 거처로 갔다. 다행히 더 이상 시비를 거는 자는 없었다. 간혹 장막심을 알아보는 자는 있었지만. 비웃든, 반기든.

"하하하, 왔군. 잘 왔네."

섭장천은 환한 웃음으로 사도무영을 반겼다.

사도무영은 포권을 취하며 빙그레 웃었다.

"부탁할 것이 하나 있어서 들렀습니다."

"일단 안으로 들어오게."

사도무영 일행이 섭장천의 거처로 들어간 지 얼마 되지 않아 진연운이 나타났다.

"대가, 사도 공자가 왔다면서요?"

"그래, 들어와라."

진연운은 문을 열고 들어오더니 사도무영을 보고 방긋 웃었다. 전과 다름없이 밝은 표정이었다.

"잘 있었어요?"

"진 낭자도 안녕하셨습니까?"

"덕분에요."

진연운은 인사를 나누고는 장막심과 양류한을 바라보았다.

사도무영은 진연운이 양류한을 보고 놀랄 거라 생각했다. 여자니까.

하지만 그녀의 반응은 기대했던 것과 달랐다. 그녀는 양류한의 미끈한 얼굴을 보고도 아무런 반응을 보이지 않았다.

'표정이 차가워서 그런가?'

그런 생각도 해보았지만, 꼭 그런 것은 아닌 것 같았다. 양류한의 표정은 조금 전과 달리 차갑게 굳어 있지 않았으니까.

'어? 양 형의 표정이 풀렸는데? 어쩐 일이지? 혹시……'

그가 엉뚱한 생각을 하고 있는데 진연운이 물었다.

"어디를 다녀오신 거예요? 섭 대가의 말씀으로는 멀리 다녀오셨다고 하시던데요."

그녀의 눈에서 생기가 반짝인다. 양류한을 볼 때와 또 다른 눈빛이다.

'이봐요, 저 사람이 나보다 훨씬 더 잘생겼다고요.'

하지만 진연운은 오직 사도무영에게만 그런 눈빛을 보였다.

"청성산에 다녀왔습니다."

"사천성에 있는 청성산요?"

"그렇습니다."

"그럼 아미산도 가보셨어요? 굉장히 아름답다고 하던데요."

이 아가씨는 자신이 여행이라도 다녀온 줄 아나 보다.

"올 때는 어떻게 왔어요? 아참, 배를 타고 왔다고 했으니까, 그럼 삼협도 구경했겠네요? 와아, 정말 재미있었겠네요."

재미?

청성산에서 하마터면 죽을 뻔했다. 낙산에서는 혹을 하나 달았고. 조금은 쓸모 있는 혹이지만.

"저도 언젠가는 사천을 구경해 보고 싶어요."

누가 말리나?

"사도 공자, 우리 언제 함께 가요, 네?"

'헉!'

더 이상 듣고만 있다가는 무슨 말이 나올지 모를 판이다. 진연운의 활기찬 재잘거림이 기분 나쁘지는 않지만, 슬그머니 자신을 바라보는 사람들의 시선이 눈에 걸렸다.

사도무영은 상황을 돌리기 위해 일단 화제를 바꿨다.

"지금은 할 일이 있어서 사천에 갈 수가 없습니다. 그 일 때문에 이곳에 온 것이기도 하고요."

조용히 웃고만 있던 섭장천이 그제야 물었다.

"그래, 부탁할 거라는 게 뭔가?"

사도무영은 잠시 할 이야기를 머릿속으로 정리하고, 섭장천은 물론 방 안의 모두에게 한 가지 요구를 했다.

"지금부터 제가 하는 말을 당분간 비밀로 해주셨으면 합니다."

섭장천은 슬쩍 고개를 돌려 장막심을 쳐다보고는 담담하게 대답했다.

"그야 어려울 것 없지. 최소한 나만큼은 입을 다물고 있겠네."

장막심은 섭장천의 행동이 의미하는 바를 깨닫고 버럭 소리질렀다.

"나도 말 안 해!"

"누가 뭐랬나? 그 친구도 참……."

사도무영은 더 시끄러워지기 전에 입을 열었다.

"제가 한 가지 사건을 조사하고 있습니다."

그 말이 떨어지자, 모두가 입을 다물고 사도무영을 주시했다.

"구화산에서 헤어진 후 안경의 청운표국에 갔었습니다. 그리고 성도로 가기 위해 그곳의 임시표사가 되어서 한 가지 물건을 중경까지 운반했지요."

사도무영은 그간의 일을 간략하게 이야기해 주었다.

그 와중에 옥룡주라는 이름이 나오자, 모두가 경악한 표정을 지었다.

섭장천이 굳은 표정으로 물었다.

"구화산 화성사에서 맡긴 물건이 정말 옥룡주였단 말인가?"

"아니, 그런 보물 운송을 표사 몇 사람에게 맡겼다고? 청운표국의 국주가 돌았나, 표사들을 죽이려고 작정했군."

장막심이 자신의 일인 양 화내며 펄쩍 뛰었다.

사도무영은 일단 그들의 경악을 가라앉혔다.

"나중에 알아보니 진짜가 아니더군요."

그 말이 떨어지자, 거품이 꺼지듯 네 사람의 표정이 한순간에 가라앉았다.

장막심은 그럴 줄 알았다는 듯 말하면서도 내심 아까운 표정을 감추지 못했다.

"그럼 그렇지. 미치지 않고서야……."

하지만 섭장천은 곧 이상하게 생각하며 이마를 찌푸렸다.

"이상하군. 누가, 왜 가짜 옥룡주를 운송해 달라고 맡긴 거지? 그것도 엄청난 비용까지 지불해 가면서 말이야."

"사람들의 눈을 가짜 쪽으로 돌리기 위해서라면 충분한 이유가 되지요."

"진짜를 빼돌리기 위해 가짜를 만들어서 세상에 내놓았다? 그리고 사람들을 그곳으로 몰리게 한 후 은밀하게 진짜를 옮겼다, 그 말인가?"

"저는 그렇게 생각하고 있습니다."

"음, 그럴 수도 있겠군. 아니 분명 그런 것 같군."

"그 일로 인해 많은 사람이 죽거나 다쳤습니다. 그리고……그 와중에 마령곡과 수월산장과 제갈세가, 그리고 용검회와 구천신교의 무사들까지 나타났지요."

"잠깐! 지금 용검회와 구천신교라고 했나?"

반문하는 섭장천의 얼굴이 굳어졌다.

"그렇습니다."

"아무리 옥룡주가 천고의 보물이라 해도 그렇지, 수십 년 동안 움직이지 않던 용검회가 욕룡주 때문에 움직이다니. 도무지 이해할 수가 없군."

섭장천에게는 옥룡주가 나타난 것보다 용검회와 구천신교의 등장이 더 충격적이었다.

구천신교야 간혹 모습을 보이니 그럴 수 있다 쳐도, 용검회는 상황이 달랐다.

옥룡주가 용검회의 수십 년 잠을 깨울 만큼 대단한 보물이었던가?

사도무영은 섭장천을 직시한 채 무심한 어조로 말을 이었다.

"이유야 어쨌든, 그들이 나타난 것만큼은 사실입니다."

사도무영이 거짓을 말할 이유가 없는 이상 지금까지 한 말이 사실이란 소리. 섭장천은 차갑게 가라앉은 눈으로 사도무영을 바라보았다.

"조금 전 조사를 하는 중이라 했던가?

"그렇습니다. 그 일을 조사하기 위해서 지금 몇 사람이 움직이고 있습니다만, 문제는 그들의 안전을 보장하기가 힘들다는 겁니다. 악양에 오기 전 중경에 들렀는데, 가짜 옥룡주를 받은 천구사의 주지가 살해당했더군요. 가짜 옥룡주는 사라졌고 말이지요. 그런 상황으로 봐서, 아무래도 정체불명의 음모자들이 가짜 옥룡주 사건에 대해 조사하는 사람들을 그냥 놔둘 것 같지가 않습니다."

"으음, 갈수록 태산이군. 대체 어떤 자들이 그런 짓을 저지른 것이지?"

"짐작 가는 곳이 없는 것은 아닙니다만……."

사도무영은 말을 길게 끌며 섭장천을 쳐다보았다.

그때 문득, 섭장천은 한 가지 생각이 뇌리를 스치자 머쓱한 표정으로 사도무영에게 물었다.

"자네 설마, 우리를 범인이라 생각하는 건 아니겠지?"

진연운도 섭장천과 사도무영을 번갈아보며 절대 그럴 리 없다는 투로 말했다.

"에이, 설마요."

그들 역시 당시에 구화산에 있었다. 시기상으로는 딱 맞아떨어졌다. 의심을 한다 해도 어쩔 수 없을 정도로.

사도무영이 고개를 쑥 내밀고 말했다.

"그럴지도 모르죠. 일 푼의 가능성만 있어도 의심을 피할 수 없을 테니까요."

순간 섭장천과 진연운의 표정이 괴이하게 일그러졌다.

사도무영은 피식 웃으며 손을 들어 저었다. 그럴 가능성이 눈곱만큼이라도 있었다면 섭장천에게 미쳤다고 그런 말을 할까?

"하하, 걱정 마십시오. 저는 반 푼의 의심도 하지 않고 있으니까요."

"정말인가?"

"또 모르죠. 섭 형께서 저를 도와주지 않겠다고 하시면 쪼끔 의심할지도……."

진연운이 입술을 삐죽였다.

"피이, 정말 놀랐잖아요!"

섭장천은 사도무영이 친 그물에 걸렸다는 걸 알고는 쓴웃음을 지었다.

결코 완벽한 그물은 아니었다. 잠깐만 생각해도 빠져나갈 방법이 서너 가지는 될 만큼 엉성한 그물이었다.

하지만 그는 왠지 그물에서 빠져나오고 싶지 않았다. 오히려 자진해서 그 일에 끼어들고 싶어졌다.

마령곡, 수월산장, 제갈세가, 그리고 용검회와 구천신교까지 관련되어 있다.

결코 작은 일이 아니었다. 아니, 근래 일어난 일 중 가장 큰 사건이라 해도 과언이 아니었다.

섭장천은 거대한 회오리바람이 서서히 휘돌고 있는 게 본능적으로 느껴졌다.

곧 폭풍우가 밀려들 것 같다.

잘하면 호남의 남천영검이 아니라, 천하의 남천영검으로 불릴 수 있는 기회가 될지도……

"내게 바라는 것이 뭔가?"

"그 일을 조사하고 있는 사람들을 도와주십시오. 제가 직접 가고 싶지만, 급히 해야 할 일이 있어서 가볼 수가 없습니다."

"음, 많은 수를 동원할 수는 없어도, 소수는 투입할 수 있을 거네. 그것도 사부님께 허락을 받았을 때의 이야기지만."

"어설픈 다수보다 소수 정예가 낫습니다. 너무 많으면 오히려 의심을 살지 모르니까요."

"알겠네. 내 최대한 신경을 써보지. 누명을 벗기 위해서라도 말이야. 내가 도와주지 않으면 계속 의심할 것 아닌가?"

섭장천은 의심받은 게 섭섭하다는 표정을 지으며 반격을 가했다.

하지만 사도무영은 꿈쩍도 하지 않았다.

"당연히 그러셔야지요."

"이 사람이……"

섭장천이 짐짓 눈을 부라렸다. 그러나 그가 거짓으로나마 화난 척을 하기도 전에 사도무영의 전음이 바로 이어졌다.

『제가 아까 짐작 가는 곳이 있다고 했죠?』

언제 그랬냐는 듯, 섭장천은 허리를 세우고 다음 말을 재촉했다.

『그랬지. 어딘가?』

2.

늦가을 바람이 제법 거칠게 부는 시월의 어느 날 오후.

사도무영 일행은 악양을 떠난 지 이틀 만에 관우가 최후를 맞이했다던 형주 성문을 통과했다.

"먼저 정천맹의 형주분타를 찾아봐야겠습니다."

"어디에 있는지 아나?"

"이제부터 알아봐야죠."

사도무영은 태연하게 대답하고, 대로를 걸어가며 주위를 둘러보았다.

그도 잠시, 그는 한곳에 시선을 주고 걸음을 옮겼다.

길가의 객잔에서 점소이들이 들어오라며 소리쳤지만 들은 척도 하지 않았다. 그러더니 안평객잔이라 쓰인 깃발이 나부끼는 객잔 앞에서 걸음을 멈췄다.

늙고, 젊은 두 거지가 객잔 옆의 양지 바른 처마 밑에 앉아 있었다.

고개를 숙인 채 열심히 이를 잡는 늙은 거지는 예순 중반에서 칠십 사이로 보였고, 젊은 거지는 이십 대 중반쯤 될 것 같았다.

젊은 거지는 씻기만 하면 그럭저럭 봐줄만하게 잘생긴 얼굴이었는데, 사도무영이 다가가자 반쯤 감은 눈알을 굴려 사도무영을 주시했다.

"뭐 좀 물어봅시다."

늙은 거지는 힐끔 사도무영을 올려다보더니 다시 고개를 숙이고 하던 일을 마저 했다. 반면 젊은 거지는 환하게 웃으며 사도무영에게 말을 건넸다.

"뭘 알고 싶으신 겁니까, 무사 나으리?"

"형주에 정천맹의 분타가 있는 것으로 알고 있소만, 어디에 있는지 알려줄 수 있겠소?"

젊은 거지가 변함없이 밝은 표정으로, 때가 시커멓게 낀 쇠바가지를 내밀었다.

"오는 정이 있어야 가는 정이 고운 법이죠."

사도무영이 싱긋 웃으며 말했다.

"그럼 먼저 정을 건네 보쇼."

"거지가 먼저 정을 건네는 법이 세상천지에 어디 있습니까? 세상 물정 모르는 철부지들도 그 정도는 압니다요."

제법 말발이 세다. 말 한마디로 상대를 철부지보다 못한 놈 취급하다니. 하지만 사도무영도 쉽게 밀리지 않았다.

"요즘 세상에 거지를 믿는 사람이 어디 있겠소? 특히 돈부터 달라는 거지치고 날도둑놈이 아닌 거지가 없더구려."

젊은 거지의 웃음이 조금 엷어졌다.

"남을 못 믿는 놈들 대부분이 거짓말을 밥 먹듯 하는 놈들입죠. 공자님은 그런 놈들과 다른 것 같습니다만."

"당연히 그런 사람은 아니외다. 다만 상대가 거지라면 문제가 조금 다르오만."

"거지도 사람입죠. 공자님은 그것부터 아셔야 할 것 같습니다요."

"나 역시 거지가 사람이라는 걸 잘 알고 있소. 하나 돈 내놓으라면서 몽둥이를 움켜쥐는 거지는 사람 취급 해주기가 좀 그렇구려."

자연스런 동작으로 옆구리의 타구봉을 쥐고 있던 젊은 거지의 얼굴에서 웃음이 서서히 사라졌다.

그때 이를 잡고 있던 늙은 거지가, 새카만 손톱 사이에 끼어 있는 이를 노려보며 말했다.

"헛지랄하지 마, 이놈아. 니놈 죽으면 나만 귀찮아지니까."

"사부……."

딱!

늙은 거지가 손톱으로 이를 넣고 눌러 죽이고는 힐끔 젊은 거지를 쳐다보았다.

"그놈의 눈깔은 장식으로 달아났냐? 보면 몰라?"

"낯짝에 기름기가 번들거리는 저놈을 제가 감당할 수 없을 거 같아 그러슈?"

늙은 거지의 눈이 사도무영을 향했다.

"허허허, 이해하게나. 아직 철부지라서 태산이 얼마나 높은지, 장강이 얼마나 긴지 아무것도 모르면서 입만 살았다네."

사도무영은 늙은 거지를 바라보았다.

사실 그냥 돈을 주고 정보를 얻을 수도 있었다. 허리에 매달려 있는 부대자루 매듭을 보니 개방의 제자임이 분명해 보였으니까.

그럼에도 말장난을 한 것은, 바로 늙은 거지 때문이었다. 형주의 길거리에서 절정고수가 이를 잡고 있을 때는 그만한 이유가 있기 때문이 아니겠는가.

"뉘신지 물어도 되겠습니까?"

젊은 거지는 오기가 생긴 듯 또 쇠바가지를 내밀었다.

어떤 질문이든, 답을 알고 싶으면 대가를 치러야 한다는 말이었다.

이번에는 사도무영도 순순히 동전 몇 푼을 꺼내 쇠바가지에 던졌다.

의외라 생각한 듯 젊은 거지는 고개를 갸우뚱거리며 잽싸게 동전을 챙겼다.

"쯔쯔쯔……. 니놈은 평생 배워봐야 저 공자의 신발을 들고 다니기도 힘들겠다."

늙은 거지는 고개를 설레설레 젓고는 사도무영을 향해 말했다.

"이 늙은 거지는 철표개(鐵瓢丐)라 하네."

"저는 사영이라 합니다. 제갈신운 대협을 찾기 위해 정천맹의 형주분타를 찾고 있었습니다."

사도무영은 미처 모르고 있지만, 철표개라는 이름이 주는 의미는 결코 가벼운 것이 아니었다.

개방의 장로 수는 총 백여덟 명. 그중 여덟 명의 상장로는 방주의 최측근으로, 개방의 모든 대소사를 결정하는데 결정적인 역할을 하는 사람들이었다.

나이 예순다섯의 철표개는 바로 그 팔대상장로 중 하나. 방주의 최측근이라는 그가 형주에 와있다는 것은 그만큼 중요한 사안이 있다는 말과 같았다.

"제갈신운?"

철표개는 사도무영이 자신의 별호를 모르는 것을 조금도 이상하게 생각하지 않았다. 그는 본래 강호생활을 즐기지 않았으니까.

그보다는 사도무영이 제갈신운을 찾는다는 것이 더 이상하게 생각되었다.

"그를 무슨 일로 찾는 건가?"

"얼마 전 의창에서 배를 타고 장강을 건널 때 만난 적이 있지요. 그분에게 부탁을 한 것이 있는데, 지금쯤 어떻게 되었는지 알아보려고 그럽니다."

 순간, 철표개의 표정이 굳어졌다.

 "혹시 두 마리 늑대의 뒤를 쫓아가 달라고 하지 않았는가?"

 "맞습니다."

 찰싹!

 늙은 거지는 젊은 거지의 뒤통수를 손바닥으로 후려쳤다.

 "뭐해, 이놈아? 어여 일어나서 앞장서지 않고."

 젊은 거지는 형주성 내의 복잡한 골목을 오락가락하며 몇 번씩 맴돌았다. 그러면서도 조금씩 한 곳을 향해 나아가더니, 어느 순간 곧바로 성의 북문을 빠져나갔다.

 철표개가 젊은 거지를 앞세우고 사도무영 일행을 데려간 곳은, 형주성 북쪽 외곽에 있는 관운묘의 구석진 곳이었다.

 사도무영은 관운묘에 들어가면서부터 적지 않은 눈길이 자신들을 바라보고 있다는 것을 느꼈다.

 '이곳이 정천맹 형주분타인가?'

 그리 생각하기에는 무리가 있었다. 명색이 정천맹의 분타인데 장원도 아니고 관운묘라니.

 아니나 다를까, 그곳은 정천맹의 분타가 아니었다. 개방의 분타일 뿐.

 "그리 앉게나."

 철표개가 나름대로 깨끗한 곳을 가리키며 앉으라고 했다.

그래 봐야 거기가 거기였지만.

　사도무영은 조금도 거리낌 없이 철표개가 가리킨 곳에 앉았다. 반면 장막심은 머뭇거리며 앉고, 양류한은 앉을 생각이 없는 듯 그냥 서있었다.

　철표개는 그러든 말든, 짚을 대충 깔아놓은 곳에 앉더니 사도무영에게 말했다.

　"이곳은 우리 개방의 분타라네. 내가 왜 공자를 정천맹의 분타로 데려가지 않았는지 아는가?"

　사도무영은 철표개를 똑바로 바라본 채 자신의 생각을 말했다.

　"그들이 역으로 감시하고 있나 보군요. 그럼 추적하던 일도 실패했다는 소린데……."

　철표개는 가벼운 놀람이 담긴 눈으로 사도무영을 직시했다. 그러고는 착잡한 표정으로 입을 열었다.

　"그렇다네. 놈들은 추적이 걱정되었는지 계속 방향을 바꾸며 이동했네. 그래도 열흘 동안은 들키지 않았는데, 그만 정천맹 무사 하나가 실수하는 바람에 놈들에게 들키고 말았지."

　"단순히 그들에게 추적을 들키고, 역감시를 당하고 있다 해서 이리 조심하는 것은 아닌 것 같습니다만. 그들의 움직임에 큰 변화라도 생겼습니까?"

　"하아……. 제갈 장로가 왜 공자를 그리 칭찬하는지 의아했거늘, 이제야 그의 마음을 알 것 같군."

"과찬이십니다. 그 정도의 추측은 누구나 할 수 있는 것이지요."

"쩝, 내 말을 더 해봐야, 공연히 공자의 청심(淸心)에 누를 끼치는 것 같으니 그만하겠네."

철표개는 입맛을 쩝쩝 다시며, 한쪽에서 오리뼈를 뜯어 먹고 있는 젊은 거지를 바라보았다.

'저 자식이! 손님이 왔으면 냉큼 나가서 찬물이라도 떠올 것이지, 사부가 나중에 먹으려고 아껴둔 것이나 욕심내다니……'

철표개가 젊은 거지, 만소개를 제자로 거둔 것은 십 년 전이었다.

정주를 지나가는데 길에 소년이 쓰러져 있는 것이 아닌가.

처음에는 측은히 여겨 기운이나 북돋아줄 생각이었다. 한데 몸을 치료하면서 보니 뛰어난 근골을 지니고 있는 것이 아닌가 말이다.

욕심이 생긴 그는 소년을 개봉까지 데려갔다. 그리고 성품과 자질을 시험해 보았다.

소년은 근골만 뛰어난 것이 아니었다. 성품도 악하지 않았고, 남의 아픔을 같이 아파해줄 만큼 다정다감했다. 자질도 훌륭해서 입문 무공인 삼십육로 타구봉법의 투로를 열흘 만에 깨우쳤다.

특히, 비럭질에 천부적인(?) 소질을 지니고 있었다.

그는 육 개월로 잡았던 시험을 삼 개월도 안 돼 중단하고 소년을 정식 제자로 삼았다. 행여나 누가 채갈까 봐.

그리고 십 년, 이십 대 중반의 나이가 된 지금은 개방에서 가장 뛰어난 다섯 명의 제자들, 타룡오개(打龍五丐) 중 하나로 불렸다.

철표개는 제자가 인정을 받기 시작하자, 자신의 일인 양 기뻐했다.

하지만 그것도 잠시였다. 시간이 갈수록 기쁨은 반감되고 고민이 그 자리를 채우며 점점 커졌다.

성취가 커지면서 좋지 않은 마음이 싹튼 것이다. 자만이라는 사악한 마물이.

게다가 사소한 것에 집착하고, 허리마저 뻣뻣해진 터였다.

거지는 뭐니 뭐니 해도 허리가 부드러워야 하거늘!

그래야 오래 살고, 배곯지 않거늘!

만소개의 뒤통수를 노려보던 철표개는 속으로 한숨을 내쉬었다.

'어휴, 내가 너무 오냐오냐하며 키웠어. 이제 와서 쥐어 팰 수도 없고······.'

자신도 모르게 앞에 있는 젊은이와 비교가 되었다.

제갈신운은 사영이라는 젊은이가 자신 못지않다고 했다.

물론 그 말을 다 믿지는 않았다.

제갈신운이 누군가? 제갈세가에서 삼백 년 만에 나왔다는 천고의 기재가 아닌가 말이다.

차대 정천맹주로 거론되는 그와 사영이라는 젊은이를 똑같이 본다는 것은 말도 안 되는 소리였다. 사도무영이 뛰어난 것만큼은 분명한 것 같지만.

'그만큼 뛰어나다는 걸 강조하기 위해 한 말이겠지.'

그렇게 나름 판단을 내린 철표개는 만소개의 뒤통수에서 시선을 돌려 사도무영을 바라보았다. 그리고 침중한 표정으로 사도무영의 질문에 대답해 주었다.

"구천신교라는 이름이 강호에 알려진 건 상당한 시일이 지났지. 하지만 그동안 마도세력에 지시만 내리고 모습을 드러내지 않아서, 정말 그들이 그토록 강한 힘을 지니고 있는지 실체가 의문시 되곤 했네. 그런데 좀체 모습을 드러내지 않았던 놈들이 최근에 와서 활발하게 움직이기 시작했어."

"그들이 강호방파라도 공격했습니까?"

"아직 직접 공격한 곳은 없네만, 마도십삼파 중 서너 곳에 구천신교의 사람들로 보이는 자들이 다수 나타났다는 정보가 입수되었네. 게다가 때맞춰서 마도문파들이 무력을 안으로 모으고 있는데, 아무래도 상황이 심상치 않아."

그 일로 인해서, 폭풍전야와 같은 긴장감이 암중에 호북을 짓누르고 있는 상황이었다.

언제 터질지 모르는 화산 위에 서 있는 기분이랄까?

'삼월보가 움직인 것도 그럼……'

만일 그렇다면, 이 일은 호북만의 문제가 아니었다.

"사천의 삼월보가 움직인 것은 알고 계십니까? 그들에게 소양산장과 영화문이 멸문을 당했는데 말이죠."

"어제 들었네. 그리고 하남에서도 비슷한 사건이 벌어졌지. 비록 미수로 그쳤지만."

"하남에서도요?"

"마종문이 신양의 선풍장원을 쳤다고 하네. 그런데 선풍장원을 치기 위해 이동하던 마종문의 삼로(三路) 중 일로가 정체를 알 수 없는 고수들을 만나 태반이 전멸을 했다더군. 그 바람에, 피해를 입긴 했어도 선풍장원이 완전히 몰락하는 것만은 면했다고 하네."

"그들을 전멸시킨 자들이 누군지는 알려졌습니까?"

"아직 확실하게 알려지지는 않았네. 마종문의 수하들 중에서 살아난 자의 말로는, 세 사람이라고 하던데, 백 명이 넘는 그들을 세 사람이 전멸시켰다는 것도 좀 그렇고……."

얼마든지 가능한 일이었다. 셋이 아니라, 혼자라도. 적이 누구냐에 따라 달라질 뿐.

사도무영이 묵묵히 듣고만 있자, 철표개가 마저 말을 이었다.

"좌우간, 아무래도 무형의 권위에 만족하지 못하고 확실하게 자신들의 세상을 구축하기로 작정한 것 같네. 그래서 본맹에 속한 모든 문파에 비상령이 내려져 있는 상황이지."

정천맹에 비상령이 내려져 있다면, 구천신교도 바로 후속 공격을 감행하지는 못할 터였다. 약간의 시간이 있다는 말이다.

문제는 그들이 얼마나 참고 기다릴 것이냐 하는 것이었다.

"당시 뒤를 쫓던 자들은 어떻게 되었습니까?"

"그게…… 추적을 제갈세가에서 맡았는데, 신농정으로 향하는 길목에서 놓쳤다고 하더군."

신농정이라면 현천교가 있는 곳으로 의심되는 곳이다. 또한 종리곽의 말대로라면, 그 일대에 구천신교 아홉 종파 중 세 곳이 더 있다고 했다.

사도무영이 착 가라앉은 눈빛으로 질문을 이어갔다.

"구천신교의 교도들이 직접적으로 움직였다면, 그들도 더 이상 자신들에 대한 것을 숨길 생각이 없다는 뜻으로 해석해도 될 것 같습니다만. 혹시 그들에게 꼬리를 붙여놓지는 않았습니까?"

철표개는 막힘없는 사도무영의 추리에 두 손을 들었다.

'끄응, 만소개 놈은 상대도 안 되겠군.'

이런 사람에게는 어설프게 숨겨봐야 좋을 게 없다. 잘못하면 우군을 적으로 만드는 어리석음을 범할지도 모른다.

철표개는 나중에 한소리 듣더라도, 솔직히 말하고 사도무영과 공조하기로 작정했다.

"이건 본맹의 비밀이네. 그러니 여기서 듣고 여기서 잊도록 하게."

그 말이 떨어진 순간, 오리뼈를 뜯던 만소개가 홱 고개를 돌렸다.

"사부님! 설마 맹의 계획을 다 말해주려는 건……."

"시끄러, 이놈아! 누가 다 말해준데? 우리 거지들의 일만 말해주려는 것이지. 이 일은 나에게 맡기고 너는 오리뼈나 마저 뜯어!"

"잘못하면 뇌옥에 갇힌단 말입니다!"

"걱정 마! 내가 들어가면 들어갔지, 너는 안 들어가게 해 줄 테니까."

"말도 안 되는 이야기 마십쇼. 사부님이 뇌옥에 갇혔는데 제자가 밖에서 두 발 뻗고 잘 수 있을 것 같습니까?"

"너는 이 사부가 죽어가기 직전이었는데도 잘만 잤잖아."

만소개의 얼굴이 벌게졌다. 철표개가 뭘 말하는지 누구보다 잘 아는 까닭이었다.

"사부님! 그땐 정말로 미약에 중독되어서 깨어나지 못했다고요!"

"그걸 누가 믿어? 네놈 앞에 깨끗하게 발라먹은 개뼈다귀가 수북이 쌓여 있었는데, 그럼 미약에 중독되고도 자면서 먹었단 말이냐?"

"그, 그건 제 몸이 좀 독해서 미약에 바로 중독이 안 되는 바람에……."

"그보다는 눈앞에 있는 개고기를 먹는 게 사부를 구하는 것보다 더 급했겠지."

"그게 아니라, 그놈이 사부님보다 강할 줄 몰랐을 뿐이라고요. 그래서 몇 점만 먹고 도와드릴 생각이었는데……."

"먹다 보니까 한 마리를 다 먹었단 말이지? 그리고 사부는 죽기 직전까지 몰랐고 말이야."

"어쨌든 제가 깨어나서 구해드렸지 않습니까."

"그나마 그 덕에 네가 살아있는 거야, 이놈아. 안 그랬으면 나한테 진작 맞아 죽었지. 잔소리 말고 마저 뼈나 뜯어."

철표개는 만소개의 입을 봉해 버리고 사도무영을 바라보았다.

"들었다시피 밖에 알려지면 조금 곤란한 일이 벌어진다네. 뭐 그래봐야 두어 달 편한 밥 먹고 살면 되겠지만."

"부담 되시면 말씀하지 않으셔도 됩니다."

그럴 순 없었다. 아니 무조건 말해줄 작정이었다. 그래야 나중에 더 많은 것을 얻을 수 있을 테니까.

철표개는 마치 영웅협객 같은 표정을 지으며 고개를 저었다.

"괜찮네. 그 정도 어려움을 겪지 않고 어찌 큰일을 할 수 있겠나? 허, 허, 허."

사도무영은 철표개의 표정에서 뭔가 모를 수상함을 느꼈지만, 당장 급한 건 자신이니 더 이상 철표개의 호의를 사양하지 않았다.

"좋습니다. 정 그러시다면, 저도 최대한으로 비밀을 지켜드리지요."

그리고 넌지시 물었다. 어차피 신세질 거라면, 얼굴에 철판을 깔고서라도 최대한 얻어낼 생각이었다.

"그런데…… 정천맹 전체적으로도 뭔가 계획하고 있는 것이 있는가 보죠?"

철표개는 흠칫하며 개방의 상장로답게 사도무영을 평가했다.

'확실히 보통 놈이 아니야. 밥 한 끼 줬더니, 곳간을 털어먹을 놈이 아닌가? 만소개 저놈은, 옆에서 꼬리 흔드는 개나 잡아먹으면 다행인데…….'

1.

　강후와 이원적은 표물의 주인에 관련된 부분을 조사했다.
　일단은 당시 표물을 맡기러 왔던 스님이 정말 구화산에서 온 스님인지, 아니면 가짜였는지 그것부터 알아보아야 했다.
　그리고 단학과 사도관 일행은 외부의 일을 조사했다.
　그들은 제일 먼저, 사도무영이 말한 대로 가짜 옥룡주를 만들 만한 곳을 찾아보았다.
　광효는 자잘한 일에 얽매여 있는 게 불만이었지만, 사도관이 슬며시 용검회와 연관된 일일지 모른다고 하자 눈에 불을 켰다.
　그렇게 청운표국에 머문 지 사흘.

몇 가지 사실이 밝혀졌다.

첫째, 당시의 중은 구화산 화성사의 중이 아니었다. 화성사에서는 그런 물건을 맡긴 적이 아예 없다는 것이다.

둘째, 구화산의 절 일곱 군데를 조사해 봤는데, 그들 역시 그런 중은 모른다는 것이었다.

셋째, 국주 임상협이 기억을 짜내 그린 초상을 들고 인근 오십 리 안을 조사해 봤는데, 그날 이후 그런 사람을 봤다는 자가 없다는 점이었다. 그것은 그가 인근 사람이 아니라는 말과도 같았다.

넷째, 가짜 옥룡주를 만든 곳이 신양에 있다는 걸 알아냈다.

오랜만에 단학이 실력발휘를 한 것이다. 그걸 알아내기 위해 세 명의 옥상(玉商)과 다섯 곳의 옥 가공점 주인들을 모두 앓아눕게 만들긴 했지만.

"옥을 판 자의 말에 의하면 그만한 벽옥을 모두 세 개 팔았다고 합니다. 그중 두 개는 주인에게 전해진 것이 확인되었고, 하나만 확인되지 않았다고 합니다."

단학의 말에 사도관이 앞쪽을 턱짓으로 가리키며 물었다.

"그걸 가져간 자가 저곳에 산단 말이오?"

"그렇습니다, 대공."

그들이 들어가는 골목 끝에는 허름한 점포가 하나 있었다. 입구의 기둥에 '옥(玉)'이라고 쓰인 깃발이 꽂혀 있었는데, 누구도 그 깃발을 보고는 그곳에 옥을 사러갈 것 같지 않을 만큼 지저분했다.

하지만 사도관은, 어쩌면 그래서 더 암중의 음모자가 저런 곳을 골랐을지 모른다는 생각을 했다.

"아직 안에 있을지 모르겠군."

"연호가 먼저 이호를 데리고 뒤로 돌아갔습니다. 도주하지는 못했을 겁니다."

"그래요?"

사도관이 의아해하며 고개를 갸웃거렸다. 뭔가 이상하다는 듯.

한데 점포의 입구를 십여 장 남겨두고, 광효가 호안을 좁히며 점포를 노려보더니 뜬금없는 말을 했다.

"죽었군."

사도관은 조금도 이의를 제기하지 않고, 오히려 박수를 칠 것 같은 표정으로 말했다.

"아하, 그래서 인기척이 느껴지지 않았군요."

단학이 실처럼 뜬 눈 속에서 눈알만 굴려 두 사람을 흘겨보았다.

'죽었다니, 누가?'

사도관이 그의 의문을 풀어주었다.

"단 형, 아쉽게도 우리가 찾으려던 자가 죽은 것 같소."

"무슨……"

의아해하던 단학이 전포 쪽을 향해 나지이 말했다.

"연호, 들어가서 확인해 봐라."

그 말이 떨어지자마자 와직! 하는 소리가 났다. 연호가 점포 안으로 들어간 듯했다.

그리고 곧이어 굳은 목소리가 안에서 들렸다.

"주군, 노인이 죽어 있습니다."

'어떻게 안 거지? 나도 죽음을 감지하지 못했거늘!'

단학은 통통한 입술을 오물거리며, 곧장 닫혀 있는 점포의 문을 부수고 안으로 들어갔다.

사도관은 나민과 광효를 대동하고서 느긋한 걸음걸이로 단학을 따라 안으로 들어갔다.

내실로 향하는 문은 이미 단학이 들어가면서 열어 놓은 상태였다. 그리고 그 안쪽에 한 노인이 의자에 앉은 채로 죽어 있었는데, 시일이 꽤 경과했는지 시신이 부패해가는 중이었다.

사도관이 나민과 광효와 함께 내실로 들어가는 동안, 단학은 노인의 사인에 대해 조사했다.

그는 죽음에 관한 전문가답게 사인을 곧바로 알아냈다.

"검기가 뇌를 완전히 휘저어 버렸습니다, 대공. 사망한 지는 대략 육 일에서 칠 일 사이. 손끝 하나 움직이지 못하고 당한 것 같습니다."

사도관은 눈살을 찌푸린 채 노인의 부패한 시신을 쳐다보았다.

노인의 이마에 실처럼 가느다란 혈선이 그어져 있었다.

절정의 검기에 의한 상처.

사도관이 그걸 보고는 놀란 표정을 지었다.

"대단한 검공이군. 표정을 봐선 잔뜩 겁에 질려 있었던 것 같은데, 검기는 한 점 흔들림 없이 이마를 갈라 버렸군."

부패하는 중이어서 상처가 벌어진 상태였다. 그런데 갈라진 살결에 눈곱만큼의 주름도 없었다.

잔뜩 겁에 질려 있었다면 심하게 떨고 있었을 터. 떨림이 검흔에 아무런 영향도 못 미칠 만큼 쾌검이라는 말이었다.

광효가 한 걸음 앞으로 나서더니 노인의 이마에 손을 댔다. 그리고 갈라진 살을 더 벌려 보았다.

순간 그의 두 눈에서 강렬한 불길이 쏟아졌다.

"분광(分光)이군!"

사도관이 광효를 쳐다보았다.

"점창파의 분광검법에 당한 흔적이란 말입니까?"

"분광이 점창에만 있으란 법은 없지. 내가 잘못 안 게 아니라면, 이건 혼조차 일검에 잘라낸다는 단혼분광(斷魂分光)이야."

그는 단혼분광이 어떤 검법인지 잘 아는 듯 광기에 찬 눈빛을 번들거렸다.

2.

 사도무영은 양류한과 장막심, 그리고 길안내를 맡은 만소개와 함께 제갈세가로 가기 위해 북쪽으로 빠르게 이동했다.
 형문을 지나 의성에서 밤을 보낸 네 사람은 다음 날 아침 양번으로 향했다. 와중에 만소개는 개방의 제자들을 만나기 위해 양번으로 들어가고, 나머지 세 사람만 제갈세가가 있는 융중산으로 꺾어졌다.

 제갈신운은 제갈세가의 접객실이 아닌 현운각에서 사도무영 일행을 맞이했다.
 현운각은 정천맹의 장로 이상 지위에 있는 사람들을 맞이하는 장소로, 중소 문파의 주인들조차 어지간한 자들은 현운각으로 들이지 않았다.
 제갈신운이 그만큼 사도무영의 능력을 높이 샀다는 말이었다.
 "하하, 생각보다 빨리 왔군."
 "급하게 달려오긴 했는데, 늦지 않았는지 모르겠습니다."
 "저분들을 소개해 주지 않겠나?"
 "그러죠. 저분은 제가 의형처럼 생각하는 장막심이란 분입니다."
 장막심이 제갈신운을 향해 포권을 취했다. 그도 제갈신운에 대한 이야기를 귀가 따갑도록 들은 터였다.

"장막심이 제갈 대협을 뵈오!"

"반갑소. 제갈신운이라 하오."

"그리고 저 사람은 양류한이라고······."

사도무영이 낙산장의 이름을 꺼내기도 전에 양류한이 먼저 사도무영의 말을 끊었다.

"양류한입니다."

"제갈신운이네. 그런데 정말 대단한······."

이번에는 사도무영이 제갈신운의 말을 끊었다.

"양 형은 미남이라는 말을 무지 싫어합니다. 자세한 이유는 모르겠는데, 어릴 때 모종의 일로 충격을 받지 않았나 생각하고 있지요."

제갈신운은 머쓱한 자세로 포권을 취하며 사도무영과 양류한을 번갈아보았다.

양류한은, 엉뚱한 말만 하고 주위를 둘러보는 사도무영의 옆모습을 쏘아보며 차가운 어조로 말했다.

"저 친구는 반쯤 사기성이 있는 친구지요. 그러니 저 친구가 하는 말을 전부 믿지는 마십시오."

그러든 말든, 사도무영은 전각의 내부를 둘러보며 감탄사를 연발했다.

"와아! 정말 멋진 곳이로군요. 돈 좀 들였겠는데요?"

사방에 수당시대의 골동품이 놓여 있고, 서예대가들의 친필

족자들이 걸려 있었다.

한데 그런 예술품을 보고, 뭐라? 돈 좀 들였겠다고?

무식한 놈!

제갈신운 옆에 있던 제갈세가의 사람들이 그런 표정으로 사도무영을 흘겨보았다.

하지만 제갈신운은 조용히 웃으며 대꾸했다.

"맞네. 돈 좀 들였지. 저걸 구입하느라 세가의 돈이 말라 버렸다는 말도 있었으니 말이야."

"양번 일대의 사람들도 고생 좀 했겠군요. 세가의 돈이 말라버렸으니, 가뭄과 수해가 닥쳐도 양민들을 구제할 수 없었을 것 아닙니까?"

말 속에 날 선 칼날이 들어 있다.

양번의 양민들은 오래전부터 제갈세가의 가솔들이나 마찬가지다. 그런 양번의 양민들이 굶어 죽어가고 있을 때, 제갈세가 사람들은 예술품이나 감상하고 있었냐는 추궁이다.

제갈신운은 그걸 느끼고 쓴웃음을 지었다.

"그래도 남아 있는 것은 다 풀었다고 하더군."

"저것들은 무슨 일이 있어도 팔지 않고 말이죠? 저 왕희지의 글 한 점이면 쌀 일천 섬은 구할 수 있었을 텐데요."

제갈신운은 더 이상 버티지 못하고 말을 돌렸다.

"본가에 대한 이야기는 그만하고, 본론으로 들어가지. 자리에 앉게나."

사도무영도 말싸움을 하기 위해 온 것은 아니었다.

어깨를 으쓱 추켜올린 그는 의자에 앉았다. 그리고 막 내온 차로 입술을 축이고는 궁금한 것부터 물었다.

"총단은 알아냈습니까?"

"실패했네. 놈들에게 들키는 바람에……."

이미 철표개에게 들었던 터라, 그 일에 대해선 더 묻지 않았다.

"철표개라는 분에게 들으니, 구천신교가 움직이기 시작했다고 하던데요. 현 상황은 어떻습니까?"

"흠, 그분께 들었으면 대략적인 상황은 알겠군. 솔직히 말해서, 폭풍우가 불기 직전이라고 보면 되네. 마도십삼파 중 호북에 위치해 있는 마령곡과 섬서의 잔살마문이 들썩이고 있고, 하남의 귀마궁도 은밀하게 수하들을 이동시키고 있다고 하네."

마도십삼파 중 세 곳이 움직였다. 거기에 사천의 삼월보까지 합하면 네 곳이다. 다른 곳도 움직이지 않았다는 보장이 없는 상황.

그렇다면 마도십삼파 중 적어도 절반 이상이 움직이고 있다는 말이었다.

"정천맹에선 어떻게 하실 생각이십니까?"

"음……. 우리도 대처를 하고는 있네만, 자세한 사항은 당장 말해줄 수가 없네. 미안하군."

이미 그럴 줄 알고 물어본 것이었다. 한 번 더 확인하려 했을 뿐.

"뭐 비밀이라는데 어쩌겠습니까. 그건 그렇고…… 신농정까지 추적했던 사람을 만나봤으면 좋겠는데, 가능하겠습니까?"

"어떻게 하려고 하는 건가?"

"언제까지 정천맹이 총단을 알아내기만 기다릴 수는 없잖습니까? 해서 제가 직접 가보려고요."

"자네가?"

"그래도 범위가 많이 좁혀 졌으니, 재수 좋으면 찾을 수 있겠죠."

"자네가 강하다는 건 아네만, 너무 위험하네."

누가 위험한 줄 모르나? 반드시 가야 할 이유가 있으니까 가려는 거지.

사도무영은 제갈신운을 똑바로 직시한 채 자신의 입장을 말해주었다.

"사부님이 놈들에게 잡혀 계실지 모릅니다. 위험하다고 방관할 수는 없는 일 아니겠습니까?"

그냥 지나쳐 들을 수 있는 말이었다. 그러나 제갈신운은 사도무영의 말뜻에 숨어 있는 사실을 하나 깨닫고 놀란 표정을 지었다. 그 말인 즉, 잡혔든 어쨌든 사도무영의 사부가 구천신교의 총단에 들어가 있다는 말이 아닌가.

"자네 사부님이 뉘신데 구천신교에 잡혀 계신단 말인가?"

"망혼이라는 도호를 쓰십니다. 떠올리려고 애쓰지 마십시오. 강호에서 많이 활동하지 않았으니 잘 모르실 겁니다."

"자네의 마음도 알 것 같군. 허나 조심해야 할 것이네. 놈들이 본격적으로 움직인 이상 호북 전체가 전장이나 마찬가지네."

"호북뿐만이 아니죠. 사천도 이미 삼월보가 움직였습니다."

"그 이야기는 들었네. 그런데 상황이 그렇게 심각한가?"

"이미 그 일로 낙산대호 양 대협이 통문을 돌렸습니다. 곧 사천의 무인들이 삼월보에 대해 손을 쓰기 시작할 겁니다."

"허어, 양 대협이 나섰다면 그곳은 걱정하지 않아도 되겠군."

"그건 그렇습니다만, 거꾸로 생각하면, 그들이 그 정도 상황도 예상치 않고 일을 벌였을 거라고는 보지 않습니다. 어쩌면 상황이 생각보다 험하게 흐를지도 모른다는 점을 염두에 두셔야 할 겁니다."

제갈신운의 표정이 무겁게 가라앉았다. 사도무영의 우려가 단순한 우려만이 아니란 것을 느낀 것이다.

그때 사도무영이 화제를 돌려 다른 일에 대해 말했다.

"용검회에 대해선 어떻게 생각하십니까?"

"무슨 뜻으로 하는 말인가? 저번의 가짜 옥룡주 일 때문에 그러는 건가?"

"뭐 그런 일도 있고……. 좌우간 용검회가 오랜만에 모습을 드러낸 이상 뭔가 움직임이 있을 것 같은데요. 정천맹에선 그들을 어떻게 생각하는지 모르겠습니다."

제갈신운은 잠시 시간을 두고 입을 열었다.

"솔직히 말하지. 구천신교가 본격적인 움직임을 보인 이상 용검회의 등장은 우리에게도 반가운 일이라 보고 있네. 자네와의 일은 별개로 말이야."

제갈신운의 표정으로 봐서, 그 말이 정천맹의 입장이라 봐도 무방할 것 같았다.

하긴 구천신교를 상대해야하는 판에 용검회가 도와준다면 큰 힘이 될 터. 정천맹으로선 그들을 반길 수밖에 없는 입장일 것이다.

그렇다면 그 일에 대해서는 아직 논할 때가 아니었다. 지금 당장은.

"놈들을 마지막까지 쫓은 사람들이 제갈세가 사람들이라고 하던데, 저희에게 붙여주실 수 있겠습니까?"

"지금 가려는 건가?"

"하하, 제 성격이 조금 급해서 말이죠."

"그렇다면 할 수 없지. 잠시만 기다리게. 그를 불러 오겠네."

3.

 사도무영 일행이 융중산에서 나오자 만소개가 합류했다.
 만소개는 사도무영 일행에 못 보던 사람이 있는 걸 보고, 사도무영에게 슬쩍 물어보았다.
 "누구요?"
 "구천신교의 사람들을 마지막까지 추적했던 전곡이란 사람이오."
 전곡은 평범하게 생긴 모습이었는데, 딱 다물린 입술이 신중한 성격을 말해주는 듯했다.
 만소개가 그에게 말을 걸었다.
 "어디까지 가 보았소?"
 "정확한 지명은 모르오만, 토가족들이 사는 절궁이라는 산촌에서 서쪽으로 계곡을 따라 사십 리 정도 들어갔었소. 원숭이만 아니었어도 그들에게 들키지 않았을 텐데……."
 신농정에는 털이 황금빛인 황금원숭이가 많다. 영리한데다 사납기까지 해서 사람들도 여차하면 그놈들에게 당하기 일쑤라고 했다.
 "절궁까지 가려면 얼마나 걸리오?"
 "빠른 걸음으로 가면 오륙 일 정도. 한 시진에 오십 리 정도 속도로 경공을 펼칠 수 있다면 이틀이면 되오."
 "그 근처에서 수상한 자들을 보았소?"

"보지 못했소. 하지만 그들이 없다는 것도 장담할 수 없는 일이오. 우리가 보지 못한 것일 수도 있는 일이니까 말이오."

만소개는 고개를 주억거리며 더 이상 묻지 않았다.

'보지 못했단 말이지? 누굴 호구로 아나.'

4.

"그들이 서쪽으로 떠났습니다."

제갈신운은 제갈경운의 보고에 서쪽을 바라보았다.

'사영, 내 그대에게 미처 말하지 못한 것이 있네. 하지만 미안해하지는 않겠네. 어차피 그대도 곧 알게 될 테니까.'

그는 숨을 들이쉬고 몸을 돌렸다.

"경운, 사람들은?"

"출발 준비를 마치고 대기상태입니다."

"우연이라면 정말 기가 막힌 우연이군. 시간을 이리 정확히 맞춰서 도착하다니."

"하늘도 저희를 도와주려는 것 같습니다."

"그런 걸까? 정말 그렇다면 좋겠군."

제갈신운은 자신의 애검을 힘주어 잡았다.

"좋아, 그럼 사람들에게 가보세."

"예, 형님."

제갈세가의 후원에는 백여 명이 모여 있었다. 대부분이 삼사십 대였고, 십여 명 정도만이 이십 대였는데, 하나같이 형형한 안광을 빛내는 고수들이었다.

그들은 제갈신운과 제갈경운이 들어오자 자리에서 일어났다.

제갈신운은 그들의 바로 앞까지 다가간 다음에야 짧게 물었다.

"준비는 되었소?"

앞쪽에 서 있던 네 명의 중년인이 대답했다.

"예, 단주."

"명만 떨어지면 지금이라도 출발할 수 있습니다."

그때 맨 끝에 있던 중년인이 물었다.

"계획에 조금 차질이 생겼다고 들었습니다만, 무슨 일인지 알아도 되겠습니까?"

그는 정천맹 최강의 무력단체인 용호이단 중 오호단(五虎團)의 부단주 남궁성으로, 제갈신운과는 호형호제하는 사이였다.

"내가 전에 말한 사영이란 친구가 일행과 함께 찾아왔네."

제갈신운은 간략하게 사도무영과 만난 이야기를 해주고, 자신의 생각을 말했다.

"그들에게 우리의 계획을 말하지 않은 게 마음에 걸리긴 하네만, 어차피 알든 모르든 그는 그곳으로 갈 생각이었으니 크게 달라질 건 없다고 보네. 어쩌면 모르고 가는 상태가 나을지도 모르고 말이야."

"그가 정말 형님 말씀처럼 뛰어나다면 도움이 되겠지만, 자칫 타초경사의 우를 범하는 건 아닌지 모르겠습니다."

"그렇다고 그들을 강제로 막을 수도 없는 일이 아닌가? 좋게 생각하자고. 혹시 아나? 그들 덕을 볼지 말이야."

5.

안경으로 돌아온 사도관이 일행과 함께 청운표국 후원으로 들어가기 위해서 접객당을 지날 때다.

접객당 쪽에 많은 사람들이 모여 있는 게 보였다.

십여 명 모두 무인이었는데, 언뜻 봐도 강한 자들이었다. 그리고 놀랍게도, 그들 중 한 사람은 대천화를 익힌 자신조차 본능적으로 경계심이 들만큼 고수였다.

'뭐야? 대체 강호에 무슨 고수들이 이렇게 많아?'

광효도 그자의 강함을 느꼈는지 은연중 광기에 가까운 눈빛을 번뜩이며 물었다.

"아, 미, 타, 불. 저 젊은 시주가 누군지 아는가?"

"저도 모르겠습니다. 좌우간 세상이 넓긴 넓군요. 아니면 제가 생각했던 것보다, 뛰어난 사람들이 많든지. 적수로 삼을 만한 사람이 천하에 열 명은 넘지 않을 거라 생각했는데, 저보다 열 살은 젊은 친구가 저 정도 기운을 지녔다니. 에혀…….
이삼 년만 지나면 승부를 장담할 수 없겠는데요."

그 말에 광효도 동의했다.

사도관의 말대로였다. 비록 지금은 두 사람에게 뒤처지는 것처럼 느껴지지만, 그는 아직 한참 젊은 것이다.

반면 단학은 사도관을 제정신이 아닌 사람처럼 흘겨보았다.

'지난 이 년 동안 어디가 이상해진 게 확실한 것 같군.'

이영영을 이길 것처럼 말하지를 않나, 자신이 천하십대고수나 되는 것처럼 말하지를 않나.

아무리 봐도 제정신이 아닌 것 같았다.

그때 안쪽에서 강후가 달려 나오더니, 안에 있는 무리 중 한 사람에게 포권을 취하며 고개를 숙였다.

"제가 강후라는 사람입니다. 전검방의 남천영검께서 어인 일로 저를 찾아오신 건지요?"

"섭장천이라 합니다. 사도무영 아우의 부탁을 받고 찾아왔습니다."

그랬다. 섭장천이 열두 명의 수하를 이끌고 도착한 것이다.

사도관은 사도무영이라는 말에 눈을 동그랗게 떴다.

'이놈이 그동안 사람만 사귀고 다녔나?'

한편으로는 대견했다. 좋은 사람을 사귀는 것이 얼마나 어려운데, 어린 나이에 어떻게 저런 사람을 사귀었나 싶었다.

'자식, 역시 나를 닮아서 사람은 잘 사귄단 말이야.'

미끼 215

그가 흐뭇해하고 있는데 강후가 고개를 돌려 단학을 불렀다.

"오셨군요. 잠깐 이리 와보시지요. 여기 섭 공자도 사도 공자의 부탁을 받고 오셨답니다."

일단 방 안으로 들어간 사도관은 앞에 앉은 섭장천을 빤히 바라보았다.

이미 섭장천이 누군지, 왜 청운표국에 왔는지 대충 들은 터였다.

"그러니까, 자네도 옥룡주 사건 때문에 왔단 말이지? 사도무영이라는 청년의 부탁을 받고?"

"그렇습니다, 관 대협. 그런데 그 친구의 우려와 달리 이미 많은 것이 조사되고 있는 것 같군요."

사도관은 아들이 강호의 사람들과 사귈 만큼 컸다는 게 신기했다.

"언제 그 아…… 사람을 만났나?"

"구화산에서 만났지요. 그런데 그 친구를 잘 아십니까?"

"응? 아, 아하하. 그냥 조금 안다네."

사도관은 대충 얼버무렸다. 아직 아들과 자신의 관계를 밝힐 때가 아니었다.

자신의 정체가 밝혀지면 마누라가 곧바로 알게 될 것이었다. 그것 때문에 단학과 짜고 가명을 쓰는 것이 아닌가.

섭장천은 사도관의 반말을 조금도 어색하지 않게 받아들였다.

십 년 이상의 나이 차이도 나이 차이지만, 그보다 사도관에게서 느껴지는 부드러운 기운의 영향이 더 컸다.

다만 마음에 걸리는 것은, 자신의 능력으로도 그 기운의 크기를 잴 수가 없다는 점이었다.

'함께 움직이다 보면 차차 알게 되겠지.'

그는 일단 의문점에 대해선 세월에 맡기기로 하고, 당장 눈앞의 일부터 처리하기로 했다.

"일단 진행 상황을 알았으면 싶습니다."

"그거야 어려울 것 없지."

사도관은 별것 아니라는 투로 말하고 단학을 돌아다보았다.

"단 형이 말해주시구려."

단학의 통통한 입술이 보일 듯 말듯 비틀렸다.

'자기가 말하지……'

그는 말을 많이 하는 것 자체를 싫어했다. 사도관도 아는 사실이었다. 그런데 어려울 것 없다면서 자신에게 짐을 떠넘기다니. 그런 사도관이 얄밉기만 했다.

그렇다고 '당신이 대답했으니 당신이 말하시오.'라고 할 수도 없는 일. 대신 그는 짜증나는 일을 간단하게 해결했다.

"강 표사가 말해주지?"

한쪽에 앉아 있던 강후가 기다렸다는 듯 대답했다.

"알겠습니다, 단 대협."

강후는 차근차근, 조리 있게 지난 상황을 설명해 주었다. 구슬을 하나하나 꿰어가듯이.

강후가 어찌나 이해하기 편하게 말하는지, 사도관과 단학 등도 처음 듣는 이야기인 양 강후의 목소리에 귀를 기울였다.

그 모습을 보고 섭장천의 눈빛이 잔잔하게 흔들렸다. 기분이 나빠서 그런 것이 아니었다.

정말 이상한 일행이었다.

관도사라는 자뿐만이 아니라, 광효라는 이상한 중도 이상하기는 마찬가지였다.

그에게서 느껴지는 기운은 결코 마기가 아니었다. 그럼에도 마기라 의심될 정도로 패도적인 기운이었다.

문제는, 그의 기운 역시 자신의 능력으로 크기를 잴 수 없다는 것이었다.

거기다 사도무영을 찾는다는, 묘하게 생긴 얼굴을 지닌 단학이라는 자와, 나민이라는 아름다운 중년 부인까지.

네 사람 중 어느 하나도 만만히 볼 수 있는 자가 없었다. 단학과 나민이 비록 자신만 못해 보이지만, 그들의 실력도 절정의 경지를 넘어선 것으로 보인 것이다.

'후우, 무영 아우가 알면 어떤 반응을 보일지 모르겠군. 그도 아마 이런 사람들이 엮일 줄은 생각도 못했겠지?'

그가 속으로 한숨을 내쉬는데 강후가 이야기를 끝내며 자신의 생각을 덧붙였다.

"해서 이 일을 중원표사회에 알릴 것인지, 아니면 독자적으로 더 파고들 것인지 결정을 해야 하는데, 어떤 식으로든 강호의 유력한 세력과 연계되어서 움직이는 게 낫지 않을까 하는 게 제 생각입니다."

섭장천이 강후에게 물었다.

"유력한 세력이라. 강 표사는 어떤 세력을 생각하고 있소?"

"당장 꼽을 수 있는 곳은 두 곳입니다. 하나는 중원표사회, 또 다른 하나는…… 정천맹입니다."

일개 중소표국의 일에 정천맹을 끌어들인다?

마치 소도로 자를 수 있는 나뭇가지를 도끼로 내려치는 것처럼 보일 수도 있었다.

그럼에도 사람들은 그리 놀란 표정을 짓지 않았다.

이 일이 어디까지 번질지 아무도 몰랐다. 장난처럼 던져진 작은 불씨 하나가 고루거각을 통째로 태워버릴지도 모르는 일인 것이다.

어찌 그러지 않으랴. 밀천십지 중 하나인 용검회가 관련되어 있거늘!

사도관은 강후의 생각에 대찬성이었다.

'크하하하, 그래! 정천맹으로 가서 영웅 소리 들을 정도로 공을 세우면 마누라도 날 무시하지 못하겠지? 그때 나민과 함께 금의환향 하는 거야!'

섭장천도 가슴이 뜨거워졌다.

언젠가는 세상에 자신을 알리고 싶었다. 그런데 그 상황이 생각보다 빨라질 것 같다.

'정천맹이라……. 그것도 괜찮겠지.'

반면 단학은 찝찝한 마음에 실눈을 더욱 가늘게 좁혔다.

'제길, 내 정체를 아는 놈이 있을지도 모르는데. 그렇다고 이제 와서 나는 못 간다고 할 수도 없고…….'

고민이 아닐 수 없었다.

광효야 이것저것 따지지 않았고.

"용검회가 관련된 이상, 중원표사회는 힘을 못 쓸 거다. 정천맹이라면 몰라도."

그는 그저 혼돈의 중심으로 들어갈 수 있다는 것이 마음에 들 뿐이었다.

결국 결정은 사도관이 내렸다. 최대한 담담한 목소리로.

"승 형 말대로 일단 가봅시다. 가서 이야기해 보면 뭔가 답이 나오지 않겠소?"

그러면서 슬그머니 손을 뻗어 나민의 손을 쥐었다.

나민은 사도관의 마음을 알고 얼굴만 붉혔다.

그때 단학이 넌지시 말했다.

"괜찮겠습니까? 여주로 가면 장주님이 바로 아시게 될 텐데요."

사도관의 얼굴이 서서히 일그러졌다.

'정천맹이 여주에 있다는 걸 깜박했군. 그럴 순 없지.'

여주와 낙양은 지척이었다. 마누라의 인맥을 생각하면 사흘을 넘기기 힘들다고 봐야했다.

섭장천은 사정을 모르기에 의아한 표정으로 물었다.

"그게 무슨 말입니까?"

"험, 그런 일이 있네. 내 개인적인 일이니 너무 신경 쓰지 않아도 되네."

사도관은 대충 얼버무리고 단학을 쳐다보았다.

"그럼 어떻게 했으면 좋겠소?"

"용검회의 총단이 장안 근처에 있다는 소문을 들은 적이 있습니다. 일단 장안으로 가서 용검회의 총단부터 찾아보도록 하지요. 그 다음 정천맹에 도움을 청할 것인지, 아니면 우리끼리 움직일 것인지 결정하면 되지 않겠습니까?"

"장안?"

겸사겸사, 나민과 함께 장안을 구경하는 것도 괜찮을 것 같았다.

"그거 괜찮은 생각이군."

나민이야 당연히 사도관의 말에 따랐고, 광효도 큰 불만은 없는 표정이었다.

아니, 광효는 오히려 용검회의 총단이 있는 곳으로 바로 간다는 것이 더 마음에 들었다.

"언제 갈 건가?"

그때 섭장천이 말했다.

"그 전에 이곳에서 얻은 정보와 증거를 확실하게 해놓아야 할 것 같습니다. 말로만 해서는 정천맹이 움직이지 않을 테니까요."

사도관은 고개를 끄덕이고 단학을 바라보았다.

"흠, 그것도 옳은 말이네. 단 형, 수고 좀 해주시구려."

단학은 기다렸다는 듯 강후를 향해 고개를 돌렸다.

"강 표사, 자네들이 모아 놓은 것 있지?"

"예, 단 대협. 저희들이 조사한 것은 빠짐없이 글로 남겨 놓았습니다. 화성사 주지스님의 친필 서신도 있고요."

강후는 완벽했다.

6.

백염이 풍성한 노인은 은은한 다향이 흐르는 찻잔을 들고 눈을 반쯤 감았다.

차에서 풍기는 향만으로도 머리가 맑아지는 기분이었다.

그는 한 번에 마시는 것이 아까운 듯 찻물에 입술만 살짝 가져다 대고는 찻잔을 내려놓았다.

찻잔이 아무 소리도 내지 않고 탁자에 내려앉자, 맞은편에 앉아 있던 중년인이 입을 열었다.

"놈들이 신양의 늙은이까지 찾아낸 것 같습니다."

백염노인은 손가락으로 찻잔을 쓰다듬으며 담담히 말했다.

"그 늙은이는 처리했다고 하지 않았더냐?"

"하긴 했습니다만, 놈들이 포기하지 않고 계속 조사하고 있나 봅니다."

"그래, 어떻게 할 생각이냐?"

"깨끗이 지우는 게 낫지 않을까 싶습니다만……."

찻잔을 쓰다듬던 노인의 손가락이 움직임을 멈췄다.

"섭장천이 청운표국에 나타났다고?"

"그렇다 합니다."

"소리 없이 처리하는 게 가능하겠느냐? 자칫하면 벌집을 쑤시는 꼴이 될지도 모르는 일이거늘."

"섭장천이 호남에서 제법 이름을 날리고 있다곤 하지만, 저희를 막을 수 있을 정도는 아닙니다."

백염노인은 찻잔에서 시선을 떼고 중년인을 바라보았다. 서리처럼 차가운 눈빛이 노인의 두 눈에서 쏟아졌다.

"실패하면 곤란한 상황이 벌어질지 모른다. 그래도 하겠느냐?"

"어차피 놈들이 깊숙이 파고들면 곤란해지는 것은 마찬가지입니다. 가만히 있다 곤란함을 겪느니 미리 제거하는 게 낫지 않겠습니까? 허락해 주시지요."

"대사를 앞두고 있는 만큼 어떠한 경우에도 흔적을 남겨서는 안 될 것이야."

"명심하겠습니다."

"안 되겠다 싶으면 바로 후퇴하고."

"예, 아버님."

"그도 힘들겠다 싶으면…… 셋째, 너 하나 죽는 것으로 끝내라."

중년인은 이를 악물고 고개를 숙였다.

아버지가 자식에게 죽으라고 말한다. 그럼에도 화가 나지는 않았다.

아버지는 자신의 죽음보다 가문의 숙원을 이루는 일을 더 중요시하는 분이다. 자신이 죽어도 형이 둘이나 남아 있으니 그런 말을 할만도 했다.

물론 서운한 마음이 전혀 없는 것은 아니었다. 하지만 어릴 때부터 숱하게 들으며 자랐던 터라 담담하게 대답할 수 있었다.

"각오하고 있습니다. 가문의 숙원을 이루는 일에 방해되는 일은 없을 것입니다."

1.

사도무영 일행은 남장, 보강을 거쳐 신농정으로 향했다.

신농정으로 향하는 길은 그야말로 첩첩산중이었다.

계곡을 따라 끝없이 뻗은 길은 가도 가도 끝이 없고, 온통 하늘로 솟구친 봉우리와 울울창창한 숲만 보였다.

그렇게 얼마를 들어갔을까, 제갈세가를 떠나온 지 사흘째 되던 날 오시 무렵, 앞장서 달리던 전곡이 말했다.

"십 리 정도만 가면 절궁이라는 마을이 나옵니다. 그곳은 토가족들이 사는 마을인데, 한족을 반기지는 않지만 식사 정도는 할 수 있을 겁니다."

전곡이 말한 지 얼마 되지 않아, 비탈진 곳에 계단식으로 지어진 집들이 보였다. 경사가 상당히 심한데도 거의 모든 집이 이층으로 지어져 있었다.

다섯 사람이 마을로 들어가자, 마을사람들의 눈이 일행을 향해 집중되었다.

"한어를 아는 분 없소?"

전곡이 사람들을 향해 소리쳤다.

바라보던 자들 중 한 사람이 앞으로 나왔다. 마흔 전후로 보이는 자였는데, 검게 탄 얼굴에 상당히 큰 체구를 지니고 있었다.

"내가 아오. 무슨 일로 우리 마을에 오신 거요?"

그는 경계하는 눈빛으로 일행을 바라보았다. 하지만 두려워하는 빛은 없었다.

그가 움직이자, 그의 주위로 토가족의 젊은이들이 모여 들었다. 아마도 마을사람들을 이끄는 자인 듯했다.

"식사를 좀 했으면 하오. 돈을 줄 테니 먹을 것을 내주시오."

"우리는 음식을 팔지 않소."

"그럼 어떻게 해야 줄 수 있소?"

"원한다면 그냥 줄 수도 있소. 단, 마을로 들어오지는 마시오."

상당히 강경한 태도다. 예상치 못했는지 전곡이 눈살을 찌푸렸다.

조용히 있던 사도무영이 물었다.

"본래 외부사람들을 마을로 들이지 않습니까?"

전곡이 고개를 저었다.

"아닙니다. 저번에는 순순히 안으로 들어가게 해주었습니다."

"그래요?"

반문하는 사도무영의 두 눈에 이채가 떠올랐다.

그가 전곡의 앞으로 나서며 물었다.

"마을에 무슨 일이라도 있습니까? 혹시라도 우리가 도울 수 있는 일이면 도와줄 수 있습니다만."

"우리는 당신들의 도움이 필요 없소. 그러니 신경 쓰지 마시오."

"혹시 압니까? 당신들이 해결할 수 없는 일을 우리가 해결할 수 있을지 말입니다."

"우리 힘으로 충분히 할 수 있는 일이오."

순진한 자였다. 말 몇 마디로 자신들의 상황을 모두 드러내다니. 물론 사도무영이 그렇게 유도하긴 했지만 말이다.

그 말로 사도무영은 토가족 내부에 어떤 일이 벌어졌다는 것을 확신했다. 그리고 저들만의 힘으로는 해결하기가 쉽지 않은 일이라는 것까지.

"사람을 한 번 믿어서 어려움을 해결할 수 있다면 귀 마을에도 손해가 없을 것 같은데, 어떻습니까? 우리에게 한 번 맡겨보시지요?"

중년인의 눈빛이 흔들렸다.

상대의 말대로, 자신들의 힘으로 해결하기 쉽지 않은 일이 마을에서 벌어졌다. 그 일을 해결하려다 마을의 젊은이 다섯이 부상을 입었다. 그 일만 해결된다면, 자신들이 귀하게 여기는 닭을 몇 마리 잡아서 대접할 수도 있었다.

문제는, 자칫 잘못될 경우 일이 더 커질 수도 있다는 것이었다.

중년인은 상대의 능력을 시험해 보기로 했다. 그는 마을 입구 한쪽에 아무렇게나 굴러다니는 바위를 가리켰다.

"저 바위를 깰 수 있소?"

그가 가리킨 바위는 사람 몸통만 했다.

사도무영은 그가 가리킨 바위를 향해 걸어갔다. 그리고 걸어가던 그대로 바위를 툭, 차며 물었다.

"이거 말입니까?"

쩌적.

그냥 가볍게 찬 것 같았는데, 바위가 두 쪽이 나며 쪼개졌다.

토가족의 중년인은 믿을 수 없다는 듯, 옆에 있는 청년에게 뭔가를 토가족의 언어로 물었다.

청년은 고개를 저으며 토가족의 언어로 떠들어댔다.

'혹시 저 바위가 미리 쪼개져 있던 것 아니냐. 아니면 금이 가 있었던지.' 중년인은 그렇게 묻는 듯했고, 청년은 그럴 리가 없다고 말하는 것 같았다.

그렇게 세 명과 대화를 나눈 토가족의 중년인은 전보다 더 빛나는 눈빛으로 사도무영을 바라보았다.

"좋소. 그럼 당신들을 믿고 말하겠소. 지금 우리 마을에는 세 사람이 들어와 있소. 그자들 중 덩치가 큰 자는 힘이 천신만큼이나 세고, 그자의 반쪽밖에 안 되는 자는 사납기가 호랑이보다 더 하오. 그리고 다른 한 사람은 몸이 대나무처럼 말랐는데, 마을의 보물을 욕심내고 있소. 그들을 쫓아내 주시오."

사도무영은 고개를 모로 꼬았다.

'응? 어디서 들어 본 자들 같은데?'

좌우간 마주쳐보면 알 일. 더구나 그런 일이라면 어려울 것도 없었다.

"좋습니다. 앞장서시죠."

중년인이 말한 자들은 마을에서 가장 큰 집에 있었다.

사도무영이 문을 열었을 때, 그들은 토가족 여자들의 시중을 받으며 즐겁게 점심식사를 하던 중이었다.

사도무영은 그들을 보고 하얗게 웃었다.

아니나 다를까, 역시 자신이 아는 사람들이다. 조화설을 업고 황산으로 향할 때 만난 주접꾼들. 사부를 쫓아다니던 멍청

이들!

"이게 누구십니까? 정말 오랜만이군요!"

세 사람은 토가족 여자들의 몸을 훔쳐보며 낄낄대다가 고개를 돌렸다.

그들의 얼굴에서 웃음이 서서히 사라졌다. 그들은 사도무영을 알아보지 못했다. 하지만 문을 열고 들어서는 다섯 사람이 토가족 사람들이 아니라는 것 정도는 알았다.

그것도 중원의 무인.

사도무영 등이 방으로 들어서며 좌우로 늘어서자, 세 사람의 표정이 변했다.

"어디서 거지같은 놈들이 나타나서 어르신들의 흥을 깨는 것이냐?"

키가 작은 노인이 소리치며 일어났다. 일어나 봐야 앉아 있던 키와 비슷했지만.

쾅!

덩치 큰 자가 탁자를 내리치고 씩씩거렸다. 식사를 방해받았다는 것에 화가 난 듯했다.

"형! 마을 놈들이 저 새끼들을 데려왔나 봐!"

대나무처럼 빼빼 마른 노인이 고기 한 점을 뜨며 피식 웃었다.

"촌놈들이 죽으려고 작정했군! 홍! 저 따위 놈들이 우리를 쫓아낼 수 있을 거라 생각했나?"

그는 사도무영 일행을 조금도 두려워하지 않았다. 오히려 흥밋거리가 생겼다는 듯 조롱하며 째려보았다.

그러나 그것도 잠시 뿐, 사도무영을 바라보던 그가 고개를 모로 꼬았다.

'저 새끼, 어디서 본 것 같은데?'

사도무영이 그의 기억을 되살려 주었다.

"이런 곳에서 만날 줄은 몰랐군요. 이 년이 넘어서 삼 년이 다 되어가죠, 아마? 그런데 아직까지도 그 성질 버리지 못한 모양이죠? 그때 다친 엉덩이는 괜찮습니까?"

이 년이 넘어서 삼 년이 다 됐다고? 엉덩이는 괜찮냐고?

순간 죽마의 얼굴이 괴이하게 일그러졌다.

"너, 너는……."

하지만 단혈마는 아직도 사태를 파악하지 못하고 득의만만해하며 소리쳤다.

"네깟 놈들이 감히 이 어르신들의 즐거움을 방해하다니, 사지를 비틀어서 바닥을 기게 만들어주마."

"형, 나에게 맡겨!"

거혈마가 탁자 옆에 놓아두었던 거부를 들고 사도무영 일행을 둘러보았다. 그러다 장막심에게 시선을 멈추고 씩 웃었다.

"네놈의 뼈가 제일 단단할 것 같아! 일단 네놈부터 다져주겠어!"

장막심이 대소를 터트렸다.

"푸하하하하! 덩치는 곰 같은데 하는 말투는 영락없이 동네 꼬마 같군."

거혈마의 얼굴이 벌게졌다.

그는 자신을 꼬마 취급하는 놈이 제일 싫었다. 자신처럼 덩치 큰 꼬마가 어디 있단 말인가!

"너 이 개새끼! 오늘 나한테 죽었어!"

훌쩍 몸을 날린 그가 도끼를 휘둘렀다.

장막심은 피하지 않고 커다란 검을 마주 뻗었다.

커다란 도끼와 검이 정면으로 부딪쳤다.

쩡!

동시에 두 사람이 뒤로 두 걸음씩 물러섰다.

거혈마가 힘으로 이기지 못한 게 뜻밖이었는지 단혈마의 얼굴이 침중하게 굳었다.

"보통 놈들이 아니군."

"그놈이다, 단혈!"

뒤늦게 죽마가 소리쳐서 단혈마에게 사도무영의 정체를 알려주려 했다. 단혈마가 바로 알아듣지 못하고 되물었다.

"그놈이라니? 어떤 놈?"

"전에 망혼늙은이 쫓을 때 만났던, 그때 그놈!"

죽마의 말에 사도무영이 첨언했다.

"밤에 봐서 기억이 가물가물한가 보군요. 죽마노인은 엉덩이를 다쳐서 기억이 남았나 본데 말이죠."

단혈마의 눈이 커졌다.

"네, 네놈이…… 그때 그놈?"

그때도 새파랗게 어린놈이 제법 강했었다. 일 대 일로도 쉽게 눕히지 못할 정도로. 그런 놈이 근 삼 년 가까이 수련했다면, 이제 이긴다는 보장이 없었다.

마침 사도무영이 그에게 한 가지 제안을 했다.

"좁은 곳이 불리하다 싶으면 나가서 싸워도 되는데, 어떻게 하시겠습니까?"

방이 크다 해도 사람이 여덟 명이나 되었다. 잘못하면 눈 먼 칼에 맞을지도 모르는 일. 게다가 여차하면 도망가기도 밖이 편했다.

눈알을 굴리던 단혈마는 사도무영의 제안을 수락했다.

"좋다! 나가자!"

밖으로 나간 여덟 사람은 각기 상대를 택했다.

누가 따로 정해줄 필요도 없었다.

거혈마는 장막심과 철천지원수라도 되는 것처럼 욕을 퍼부어가며 달려들었다.

단혈마는 스윽 둘러보고는 양류한을 골랐다. 제일 만만하게 보인 것이다.

'저 남자 옷 입은 계집을 때려눕히면, 저 애새끼도 물러설지 몰라. 이런 산속까지 데리고 다니는 계집이라면 안 봐도 뻔

하지 뭐. 흐흐흐…….'

그리고 죽마는 만소개를 찍었다.

거지새끼가 강해 봐야 얼마나 강하겠어? 그런 마음으로.

'저 거지새끼를 죽이고 무조건 튀어야겠어.'

자신의 예상이 빗나간 적은 거의 없었다. 지금까지 살아 있는 것도 자신의 빠른 눈치 덕분이었다.

그런 자신이 봤을 때, 삼 년 전의 애송이는 더 이상 애송이가 아니었다. 적어도 둘이 덤벼야 겨우 상대할 수 있을 정도의 고수.

'붙잡히기 전에 빠져나가야 해!'

불리한 싸움은 무조건 피하라! 그것이 장수의 비결임을 그는 누구보다 잘 알았다. 쌍혈마야 어떻게 되든, 자신과는 눈곱만큼도 상관없었다.

"차앗!"

"이놈!"

단혈마와 죽마가 거의 동시에 신형을 날려 양류한과 만소개를 공격했다. 하지 않았어야 할 말까지 해가며.

"계집! 가슴을 도려내 주마!"

"하찮은 거지새끼가 감히 어르신의 앞을 막다니, 죽어!"

검을 빼드는 양류한의 두 눈에서 서리가 내렸다.

"늙은이, 그 더러운 주둥이부터 도려내 주지."

만소개가 눈을 부라렸다.

"어디 하찮은 거지새끼한테 한 번 개처럼 맞아봐라!"

뭔가가 잘못 되어가고 있다는 것을 쌍혈마와 죽마가 느끼는 데는 그리 오랜 시간이 필요치 않았다.

십여 초가 지나도록 우세를 잡을 수가 없었다. 우세는커녕 잠깐만 방심해도 검과 몽둥이가 머릿결을 스치고 지나갔다.

거기다 음식을 워낙 많이 먹어서 움직임이 평소만 못한 상태였다.

쌍혈마와 죽마는 안간힘을 다해 공격을 막으며 빠져나갈 궁리만 했다.

문제는 싸우는 장소였다.

절벽이 부채꼴 형태로 뒤를 막고 있어서 빠져나갈 길은 전면뿐이었다. 그런데 그곳에 사도무영이 서 있는 것이다.

단혈마는 양류한의 번개처럼 빠른 쾌검을 받아내며 눈알을 굴렸다.

사도무영이 서 있는 곳은 넓이가 십 장쯤 되었다. 이상할 정도로 좁게 느껴지긴 했지만, 기회만 잘 잡으면 빠져나갈 수 있을 것도 같았다.

'쓰벌, 쪽팔려도 일단 이곳을 벗어나야겠어!'

언제까지 계집 같은 놈과 싸울 수는 없었다. 설령 지지 않는다 해도, 지치면 그것으로 끝이었다.

쩌저정!

꼬챙이 같은 검과 양류한의 청류검이 부딪친 순간, 단혈마는 상대의 기세를 역이용해서 뒤로 몸을 뺐다. 그러고는 뒤도 안 돌아보고 땅을 박차며 소리쳤다.

"웅귀야! 그만하고 가자!"

눈치라면 죽마도 누구 못지않았다. 그는 단혈마가 뒤로 몸을 뺄 때부터 도망치려 한다는 걸 알고, 만소개의 몽둥이를 청죽마혼조로 비켜 쳐내고는 뒤로 주르륵 물러났다.

"잠깐 멈춰라, 이놈!"

죽마가 갑자기 소리치자, 만소개는 멈칫하며 공격을 멈췄다.

순간, 죽마가 전력을 다해 뒤로 몸을 날렸다.

"크하하, 어리석은 놈! 멈추란다고 진짜로 멈추다니! 아직 멀었구나!"

"이 빌어먹을 늙은이가!"

만소개가 버럭 소리치고 쫓으려 했을 때는 이미 죽마의 신형은 사도무영의 좌측을 향해 날아가고 있었다.

사도무영은 자신을 향해 날아드는 두 사람을 보고는, 손을 깍지 끼고 우두둑 꺾었다.

그리고 날아드는 두 사람을 향해 하얀 웃음을 흘리며 발을 내딛었다.

단혈마는 우측으로, 죽마는 좌측으로 날아들었다.

사도무영은 먼저 날아오는 단혈마를 향해 왼손의 다섯 손가락을 쥐었다 폈다.
쐐에에엑!
다섯 줄기 회혼지가 각기 제멋대로 꺾어지며 단혈마를 덮쳤다.
"헉!"
단혈마는 회혼지의 무서움을 누구보다 잘 아는 세 사람 중 하나였다. 헛바람을 집어삼킨 그는 죽어라 검을 휘두르고는, 땅바닥에 발이 닿자마자 납작 엎드리고 떼굴떼굴 굴렀다.
그사이 사도무영은 죽마의 앞을 막고 좌장을 흔들며 내쳤다.
콰아아아!
회오리바람이 그의 좌장에서 뿜어져 나오는가 싶더니 중심에서 번개가 쳤다.
쩌적!
죽마는 하얗게 질린 표정으로 청죽마혼조를 연달아 펼쳤다.
쾅!
"큭!"
단 일장에 죽마의 신형이 날아오던 곳으로 다시 날아갔다.
"어딜 가려고!"
만소개가 그를 반기며 타구봉을 휘둘렀다.
사도무영은 그를 놔둔 채 단혈마 곁으로 훌훌 날아갔다.
새파랗게 질린 단혈마는 몸을 일으키고는 정신없이 안쪽으로 달려갔다. 사도무영보다는 양류한이 편했다.

"나는 저놈하고 싸우겠다!"

죽을 때 죽더라도, 일단은 사도무영의 손을 벗어나야 한다는 생각뿐이었다.

"형! 나는?"

뒤따라오던 웅귀가 어정쩡한 자세로 서서 구겨진 얼굴로 소리쳐 물었다.

장막심이 그를 향해 가며 말했다.

"그야 당신은 나하고 싸워야지."

사도무영은 단혈마와 죽마를 안쪽으로 몰아넣고 싸움을 지켜보았다.

그가 나선다면 싸움을 바로 끝낼 수 있었다. 그럼에도 놔둔 것은, 동료들의 무위를 정확히 알아보기 위함이었다. 쌍혈마와 죽마는 그런 용도로 아주 훌륭했다.

만소개와 죽마의 싸움이 제일 먼저 멈췄다.

서로 노려보는 두 사람의 눈빛은 전장에서 맞선 장수들처럼 날카롭게 번뜩였다. 몸이야 축 처져 있지만.

만소개는 요즘 제대로 못 먹어서 그렇다며 자위하고, 죽마는 늙어서 역시 젊은 놈에게 힘이 달린다고 생각했다.

그리고 곧 장막심과 거혈마가 거친 숨을 몰아쉬며 서로를 노려보았다. 한데 이상한 것은 두 사람의 눈빛에서 서로에 대한 원한이 없는 것처럼 느껴진다는 것이었다.

동질감이라고나 할까?

제일 끈질긴 것은 의외로 양류한이었다.

그 덕에 제일 고생한 사람도 단혈마였다. 오죽했으면, 그냥 사도무영과 싸우다 죽을 걸, 그런 생각이 들었을까?

"이놈아! 헉헉……. 나하고 무슨 원수가 졌다고…… 그렇게 악착같이 덤비는 거냐? 헥헥……."

양류한은 붉은 입술을 깨물고 단혈마를 쏘아보았다.

사도무영은 그 모습에 피식, 웃음이 나왔다.

'무슨 원수를 졌냐고? 당연히 원수를 졌지.'

양류한을 '계집'이라고 부른 것만으로도 모자라, 가슴을 도려내 죽이겠다고까지 했다.

다른 사람이라면 몰라도, 양류한에게는 죽일만한 이유가 되었다. 그나마 양류한이 아직 사람을 죽여 보지 못해서 아직 살아있는 것뿐.

"자, 이제 대화를 나누어볼 상황이 된 것 같군요."

사도무영은 지금까지의 싸움이 모두 대화를 하기 위해 몸을 푼 것이라도 되는 양 말했다.

쌍혈마와 죽마는 감히 도망칠 생각을 하지 못했다. 지친 것도 지친 거지만, 도망칠 수 없다는 것을 뼈저리게 느낀 터였다.

도망치다 사도무영에게 맞아 죽느니, 시간을 두고 다른 방

해후(邂逅) 241

법을 생각해 보는 게 일각이라도 더 사는 길이었다.

사도무영은 쌍혈마와 죽마를 천천히 둘러보고는, 한쪽에 멍청히 서 있는 토가족 중년인에게 물었다.

"먼저 하나 물어보죠. 정확히, 사실대로 대답해 주십시오. 혹시 이 사람들이 이 마을에서 사람을 죽였습니까?"

중년인은 이마를 좁히고 느릿하니 고개를 저었다.

"죽은 사람은 없소. 대여섯 명이 다치긴 했지만."

"그럼 여인들을 범했습니까?"

"농락을 하긴 했는데, 직접 범하지는 않았소."

그나마 막장짓거리는 하지 않은 것 같다.

"죄를 짓긴 했는데, 아주 죽을죄를 짓지는 않았다는 말이군요."

"그게……."

중년인이 머뭇거렸다.

사도무영의 말대로 죽을죄까지는 아니었다. 그렇다고 용서할 수 있는 것도 아니었지만.

문제는 상황을 해결한 사람의 말을 완전히 무시하고 자신들의 입장만 말할 수도 없다는 점이었다.

중년인은 사도무영의 뜻을 물어보았다.

"어떻게 하실 생각이시오?"

"죄를 지었으니 당연히 죗값을 치러야지요."

사도무영은 단호하게 말하고 쌍혈마와 죽마를 쳐다보았다.

세 사람은 속으로 안도하고 있다가 얼굴색이 파랗게 변했다.

그들에게 사도무영이 물었다.

"어떤 식으로 죗값을 치를 것인지 먼저 들어봅시다. 어디 당신부터 말해 보쇼."

지명당한 단혈마가 더듬거리며 입을 열었다.

"도, 돈을 주겠다."

"얼마나 주겠다는 거요?"

"은자…… 오십 냥을 주겠다. 그 정도면 우리가 먹고 마신 것보다 훨씬 많은 돈이다."

"흠, 은자 오십 냥이라……. 그럼 팔 하나와 은자 오십 냥을 내면 되겠군."

사도무영이 간단하게 판결을 내리고 거혈마를 바라보았다.

단혈마가 다급히 소리쳤다.

"백 냥! 백 냥 내마!"

"그럼 손가락 두 개와 백 냥으로……."

"이백 냥! 그게 내 전 재산이다! 더는 진짜 없어!"

"백오십 냥만 줘도 되는데, 뭐 마음이 그렇다면야……."

사도무영은 고개를 끄덕이고는, 입술을 덜덜 떠는 단혈마에게서 시선을 돌려 거혈마에게 물었다.

"거기 당신, 당신은 뭘로 죗값을 치를 거요?"

거혈마가 반쯤 울 것 같은 표정으로 말했다.

"나, 나는 돈이 없어. 형이 다 갖고 있어."

"꼭 돈으로만 해결하라는 게 아니오. 돈이 아니라도 뭐든 있을 거 아니오?"

거혈마는 단혈마를 힐끔 바라보았다. 그러나 단혈마는 방정맞은 주둥이를 원망하느라 그에게 신경도 쓰지 않았다.

'지미, 백오십 냥밖에 없다고 할 걸.'

결국 거혈마는 자신의 품을 뒤져보았다. 그리고 곧 품속에서 낡은 책을 하나 꺼냈다.

"이거 있는데…… 도끼 쓰는 법이야. 이거 익히면, 나무할 때 좋을 거 같은데……."

순간 단혈마가 고개를 번쩍 쳐들고 소리쳤다.

"웅귀야! 안 돼!"

하지만 이미 때늦은 외침이었다.

사도무영이 손을 슬쩍 젓자, 거혈마의 손에 들린 낡은 책자가 날개라도 달린 것처럼 훌훌 오 장을 날아가 사도무영의 손에 내려앉았다.

가공할 허공섭물에 사람들의 눈이 휘둥그레졌다.

그러든 말든, 사도무영은 책자를 대충 훑어보았다.

'호오, 이거 대단한 부법(斧法)인데?'

내공심법은 크게 뛰어나지 않지만, 부법 자체는 능히 절기라 할만 했다.

"좋습니다. 당신은 이걸로 죗값을 치른 셈 치지요."

"도, 도둑놈……."

단혈마가 부들부들 떨며 조그맣게 말했다.

사도무영은 쓰윽 그를 쳐다보며 고저 없는 목소리를 흘려냈다.

"책을 내놓기 싫으면 목을 내놓든지."

단혈마는 슬그머니 고개를 돌렸다. 그러면서 입만 벙긋거렸다.

'도둑놈의 새끼……. 그게 어떤 건데 날로 먹어.'

사도무영은 더 이상 그에게 신경 쓰지 않고 죽마를 노려보았다.

죽마는 역시 눈치가 빨랐다. 그는 사도무영이 말하기 전에 자진신고 했다.

"은자 백오십 냥 내겠네."

"은자 백오십 냥에 양손의 검지 두 개."

"헉!"

죽마의 안색이 창백해졌다.

다름 아닌 '검지 두 개'라는 말 때문이었다. 청죽마혼조의 핵심이 바로 검지에 있다는 것을 알고 있단 말이 아닌가 말이다.

그는 창백하게 질린 얼굴로 간신히 반박했다.

"왜 나는 더 받는 거냐?"

"내 맘이오."

그렇다는데 뭐라 할 건가?

"조, 좋다. 그럼 이백 오십 냥 내마."

"이백오십 냥에……."

사도무영이 말꼬리를 달려고 하자 죽마의 얼굴이 참담하게 일그러졌다.

"지, 진짜 더 없어……."

"없으면 이야기로 때우시오."

"이야기? 어떤 이야기 말인가? 뭐든 물어보게. 아는 것은 다아아 말해줄 테니까!"

죽마의 얼굴에 화색이 돌았다.

이야기라면 뭐든 해줄 수 있었다. 나중에 원수가 되더라도, 쌍혈마의 최대비밀도 말해줄 수가 있었다. 그들이 왜 여인을 안지 못하는지, 그 이유를.

하지만 사도무영이 알고자 하는 것은 그런 것이 아니었다.

"흠, 일단 저들에게 먼저 대가를 지불하고 이야기 해봅시다."

사도무영은 토가족 중년인을 불렀다.

중년인은 어안이 벙벙한 모습으로 사도무영에게 다가왔다.

사도무영은 단혈마와 죽마에게서 은자주머니를 받아 중년인에게 건넸다.

사백오십 냥의 은자는 마을 전체가 일 년을 먹고살 수 있는 큰돈이었다.

간단히 말해서, 올 겨울을 따뜻하게 보낼 수 있단 말이다.

외면하기에는 너무 컸다.

"정신적 보상이라 생각하시고 받으시죠. 다친 사람도 있지 않습니까?"

더구나 마을을 위기에서 구해준 사도무영이 그렇게까지 말하는데, 족장인 그의 입장으로서는 받지 않을 수 없었다.

"고맙소. 그럼 염치불구하고 받겠소."

"그리고 이것."

사도무영은 거혈마가 내놓은 책자를 중년인에게 내밀었다.

중년인은 어정쩡한 표정으로 책자와 사도무영을 바라보았다.

"그걸 왜 우리에게……"

"나무하는 법이 적혀 있습니다. 마을의 젊은이들이 꾸준히 익히면, 많은 보탬이 될 겁니다. 생활하는 것이든, 적을 막는 것이든."

중년인이 굳은 표정으로 말했다.

"어설픈 힘은 죽음만 앞당길 뿐이오. 우리에게 필요한 것이 아닌 것 같소."

"그런 힘도 없어서 속수무책으로 당하는 것보다는 나을 것 같습니다만. 때론 죽음을 무릅쓰고 대항해야 할 때도 있는 법, 그때를 위한 것이라 생각하십시오."

중년인의 눈빛이 파르르 떨렸다.

그렇다. 오늘은 별일이 없었지만, 만일 더 악한 자들이 쳐들어와서 가족들을 유린한다면 어떻게 할 것인가. 그냥 보고만 있을 것인가?

절대 그럴 리 없다. 죽을 때까지 싸울 것이다. 가족을 구하기 위해서.

그때 약간의 힘이라도 있다면?

그렇다면 가족을 구할 가능성도 더 많아질 것이다.

그는 떨리는 손을 내밀어 책자를 받았다.

"내가 너무 약한 마음을 먹었던 것 같소. 나, 담격, 그대의 말을 죽을 때까지 잊지 않겠소."

사도무영은 빙그레 웃으며 두 손바닥을 활짝 펼쳤다. 더는 줄 것이 없다는 듯.

"이제 저 세 사람은 제가 알아서 처리하겠습니다. 괜찮겠습니까?"

"물론이오."

"그건 그렇고, 배가 고픈데……. 아까 저 사람들이 먹던 거라도 좀 먹게 해주시죠."

중년인, 토가족의 족장 담격이 활짝 웃었다. 만나 후 처음으로 보이는 웃음이었다.

"들어가십시다. 내 즉시 음식을 장만하라고 하겠소."

사도무영은 쌍혈마와 죽마를 바라보았다.

"도망치든 말든 상관하지 않을 것입니다. 다만 평생 쫓기면서 살고 싶으면 도망가고, 아니면 식사를 마친 후, 약속대로 이야기를 해주고 자유롭게 사십시오. 알겠습니까?"

단혈마가 머뭇거리며 물었다.

"우, 우리는 그냥 가도 되나?"

이야기를 해줄 약속이 있는 사람은 죽마지 자신들이 아니었다. 자신들은 가도 될 것 같았다.

하지만 사도무영은 그들과 생각이 조금 달랐다.

"지금까지 함께 다녔는데, 이제 와서 떨어지면 되겠습니까?"

한마디로, 올 때 같이 왔으니, 갈 때도 같이 가라는 말.

단혈마는 더 이상 반박하지 않았다.

말로 해서는 절대 이길 수 없는 놈이다. 자칫하면 엉뚱한 손해만 볼지 몰랐다.

"알았네. 그렇게 하지."

"자, 들어가지요!"

사도무영은 모든 일이 잘 마무리 되었다는 듯 팔을 들어 올리며 환한 표정으로 말했다. 장막심, 양류한, 만소개, 전곡은 그제야 정신을 차리고, 질렸다는 눈빛으로 사도무영을 쳐다보았다.

세상에, 여태 함께 다녔던 사람이 저런 괴물이었다니!

특히 전곡은 심장이 답답해서 견딜 수가 없었다.

'장로님은 저자에 대해서 얼마나 아는 걸까?'

"여기까지 온 목적이 뭡니까?"

"망혼의 흔적을 쫓아온 것뿐······."

"언제부터 쫓았죠?"

"이 년 전부터······. 청성산에 갔더니, 이미 떠나서 이곳까지 쫓아왔지."

"그분을 왜 쫓아온 겁니까?"

"그는 옛날부터 보물을 찾아다녔잖은가? 그래서 이번에도 보물을 찾나 싶어서······."

쌍혈마와 죽마는 망혼진인이 사문의 흔적을 찾으러 다니는 것을 보물찾기 정도로 알고 있다고 했다. 하긴 망혼진인이 청성산에서 회천수혼이 든 상자를 들고 나왔으니 그리 생각하는 것도 무리가 아니었다.

어쨌든 흔적을 쫓아 이곳까지 온 걸 보면 추적하는 기술만큼은 인정하지 않을 수 없었다.

"그래서 어디까지 쫓으셨습니까?"

"방호산이란 곳에서 흔적이 끊겼더군. 해서 일대를 다 뒤져봤는데, 아무리 찾아도 없지 뭔가. 거기다 요즘 들어가 갑자기 사람들이 몰려들고······. 아무래도 분위기가 이상해서 그냥 나갈 생각이었지."

"그럼 여기는 왜 들러서 소란을 피운 겁니까?"

"그동안에는 다른 사람 눈에 띌까봐 마을에 함부로 들리지 않았는데, 떠나기 전이라 마지막으로 실컷 좀 먹고 마시려고……."

"여자도 품고 말이죠?"

죽마가 실실거리며 머리를 긁었다.

"헤헤헤, 우리 같은 늙은이가 무슨 힘이 있다고. 저 둘은 옛날에 그것이……."

"죽마!"

단혈마가 벌게진 얼굴로 호통을 치자, 죽마가 재빨리 말을 돌렸다.

"좌우간 그랬는데, 자네가 찾아온 거지."

대충 사정을 알 것 같았다.

보물찾기에 다른 사람을 끼어주고 싶지 않은 마음은 누구나 같을 것이다. 그 때문에 은밀하게 사부의 뒤를 쫓았던 것 같다.

무려 이 년 동안이나!

'정말 끈질긴 사람들이군.'

사도무영은 알지 못했다.

쌍혈마와 죽마는 강호의 세력다툼 같은 것에는 일절 흥미가 없었다. 공연한 싸움에 휘말려 죽느니 보물이나 찾아다니는 것이 더 좋았다.

그들이 티격태격하면서도 함께 다니는 것도, 서로간의 흥취가 맞아떨어졌기 때문이지 좋아서가 아니었다.

아마 망혼진인의 흔적을 뭐라도 발견했다면, 그들은 이 년이 아니라 이십 년이라도 쫓아다녔을 것이다.

그때 문득, 사도무영의 눈빛이 반짝였다.

'가만? 그럼 토가족보다 더 잘 알 수도 있겠는데?'

토가족 사람을 길안내자로 삼을 생각이었다. 그런데 죽마의 말대로라면, 굳이 그럴 필요가 없었다. 그들은 절정고수들, 토가족 사람들이 들어갈 수 없는 곳까지 들어가 봤을지도 몰랐다.

그렇게 생각한 사도무영은 미소를 지으며 말했다.

"흐음, 그럼 굳이 지금 나갈 필요가 없습니다. 저와 함께 안으로 들어가 보지요."

"자, 자네와?"

죽마가 떫은 땡감을 씹은 표정을 지었다.

"그렇습니다. 저는 사부님을 찾고, 당신들은 보물을 찾고, 어떻습니까?"

보물이라는 말에 죽마가 단혈마를 힐끔거렸다.

단혈마와 거혈마도 갈등을 하는 것 같았다.

그때 사도무영이 말했다.

"제가 다녀올 때까지 혈도를 짚인 채 이곳에 계시는 것보다 낫지 않겠습니까?"

죽마와 단혈마가 눈을 부릅떴다.

"왜……. 우리를 놔주기로 약조하지 않았는가?"

"비겁하게……."

사도무영이 손을 들어 두 사람의 말을 끊었다.
 "물론 놔드리죠. 손끝 하나 상하지 않게요. 다만, 지금 풀어드리면 우리의 행적이 노출될지 모르니, 저 안에 들어갔다 와서 풀어드리겠습니다. 그때까지는 여기서 잘 먹고, 편안히 계십시오."
 죽일지 모르는 놈들과 함께 놔두려고 하면서 편안히 있으라고? 누구 말려죽일 일 있나?
 이판사판 덤벼들어서, 죽든 살든 판가름 내고 싶었다.
 하지만 그보다 더 편한 길이 있는데, 굳이 죽음을 자초할 이유가 없었다.
 죽마가 넌지시 물었다.
 "정말…… 안에서 보물을 찾으면 우리에게 줄 건가?"
 "제가 찾는 것은 제가, 당신들이 찾는 것은 당신들이. 그게 공평하지 않겠습니까?"
 단혈마도 솔깃한 표정을 지었다.
 "정말인가?"
 "제 목을 걸고 약속하지요."
 보물을 찾기만 한다면!
 사람들은 그들의 대화를 듣는 동안, 음식을 앞에 두고도 마음껏 먹지 못했다. 아니 먹을 수가 없었다.
 사도무영이 말 한마디 할 때마다 가슴이 뜨끔거리는 바람에 음식이 목에 걸려 넘어가지 않았다.

2.

한 시진 후.

토가족 마을을 출발한 사도무영 일행은 서쪽으로 더욱 깊숙이 들어갔다.

전곡이 걸음을 멈춘 것은 사십 리쯤 들어갔을 때였다.

꺽꺽! 께에에엑! 꽉꽉꽉!

사방에서 원숭이들이 소리를 질러댔다. 자신들의 영역을 침범한 인간에게 화를 내는 듯했다.

고개를 들자, 언뜻 황금빛 털을 가진 원숭이들이 나뭇가지 사이로 오가는 게 보였다.

'생긴 것은 이쁜데 목소리는 영 아니군. 성질도 더럽게 보이고.'

사도무영이 황금빛 원숭이를 보고 누군가를 떠올리는데 전곡이 말했다.

"저기가 그들의 흔적을 마지막으로 본 지점입니다."

그는 칼날 같은 바위능선이 양편으로 펼쳐진 협곡 입구를 가리켰다.

협곡의 길이는 백여 장 정도 되었는데, 숨을 만한 곳이 마땅치 않아서 자칫하면 들키기 십상인 곳이었다.

"제가 저곳을 지나는데, 원숭이가 열매를 던지며 소리를 질러댔습니다. 그때 추적을 눈치챘는지, 이후로는 아무런 흔적도 찾을 수가 없었습니다."

사도무영은 희미한 안개가 끼어 있는 협곡 안쪽을 응시하며 물었다.

"얼마나 들어가 봤습니까?"

"십 리 정도 들어갔다가 되돌아왔습니다."

"뭐 특별한 건 없었습니까?"

"특별한 것은 없고, 안으로 들어갈수록 안개가 더욱 진해지는데, 제가 들어갔을 당시에는 이십 장 앞도 보기가 힘들었습니다."

사도무영의 눈이 쌍혈마와 죽마를 향했다.

물을 필요도 없이 죽마가 대답했다.

"삼십 리쯤 들어가면, 얼마나 높은지 끝이 보이지도 않는 절벽 아래에 연못이 있는데, 안개는 거기서 피어오르는 것이네."

"사람의 흔적 같은 건 보지 못했습니까?"

"토가족 놈들 것인지, 누구 것인지는 몰라도 사람들이 오간 흔적은 있었지. 하지만 그것뿐이었네."

"좋습니다, 그럼 일단 거기까지 가 보죠."

전곡이 머뭇거리며 말했다.

"그럼…… 저는 여기서 돌아가도 됩니까?"

"좋을 대로 하십시오."

"알겠습니다. 그럼 이만……."

전곡이 포권을 취하고 돌아섰다.

사도무영은 그의 등을 지그시 쳐다보았다.

만소개가 말했다. 제갈세가에 오호단이 머물러 있다고. 그들의 목적지가 신농정이라고.

그 말인즉, 그들이 뭔가를 알아냈다는 말이었다.

그런데 제갈신운은 거기에 대해선 한 마디도 하지 않았다. 그리고 전곡이라는 자를 내세워 길을 안내하게끔 했다.

자신이 생각할 수 있는 이유는 하나밖에 없었다.

어떤 식으로든 자신들을 이용하겠다는 것.

'제갈신운, 일단은 당신 뜻대로 움직여 주지. 하지만 언제고, 오늘의 빚을 갚아야 할 날이 올 거요.'

1.

 계곡 안쪽으로 들어갈수록 안개가 짙어졌다.
 일행들은 안개를 뚫고 조심스럽게 앞으로 나아갔다.
 그렇게 삼십 리쯤 들어가자 끝없이 솟은 절벽이 희미하게 보였다. 죽마가 말한 곳에 도착한 것이다.
 꼭대기도 보이지 않는 검붉은 절벽과, 축축한 안개와, 깊이를 알 수 없는 새파란 연못.
 천하에 다시없을 절경이었지만, 사람들은 그 광경을 즐길 마음의 여유가 없었다.
 어디서 구천신교의 사람들이 튀어나올지 모르는 상황.
 생각보다 공기가 따뜻했지만, 으스스한 분위기에 표정이 굳어지고, 입이 얼어붙은 것처럼 꾹 닫혔다.

'어디서 온천이 흐르나? 바깥하고는 완전히 다른데?'

안개가 자욱한 것도 이해가 되었다. 이 정도 온도 차이라면 사시사철 안개가 끼어있을 터였다.

주위를 둘러보던 사도무영이 연못 너머를 가리키며 나직이 물었다.

"저 안쪽은 어떻습니까? 가 봤습니까?"

사람들의 눈이 연못 너머로 향했다.

짙은 안개로 인해서 십오륙 장 너머부터는 아무것도 보이지 않았다.

하지만 사도무영의 눈에는 연못 너머 안쪽 광경이 흐릿하게나마 보였다.

연못의 넓이는 삼십여 장쯤 되었는데, 그 너머라고 해서 별다른 것은 없었다. 이삼십 장의 공터가 있을 뿐.

아니나 다를까, 단혈마도 자신이 본 것과 비슷하게 말했다.

"안개가 유난히 옅게 낀 날 흐릿하게 보인 적이 있다. 저 너머 쪽도 절벽으로 둘러싸여 있어. 별것도 없는데다, 들어가기가 너무 위험해서 직접 들어가 보지는 못했지만."

사도무영은 안쪽을 노려보았다.

마침 사람들은 그의 뒤에 서 있는 상황.

앞으로 몇 걸음 나아가 연못가에 선 그는 사람들을 뒤에 둔 채 눈을 감았다 떴다. 순간 흑진주 같은 눈동자가 드러났다.

신안을 뜨자 연못 건너편이 보다 환하게 보였다.
단혈마가 말한 대로 절벽이 삼면을 막고 있었다.
한데 얼핏 좌측의 절벽에 동굴처럼 보이는 곳이 있는 게 아닌가.
세로로 길게 갈라진 그곳은 넓이가 삼 장은 될 듯했다.
동굴치고는 너무 넓었다. 동굴이라기보다는 절벽이 갈라진 틈처럼 보일 정도였다.
그리고 그 안에서 미미한 기운이 느껴졌다. 사람의 기운이었다.
사도무영은 한참 동안 건너편을 살펴보고 몸을 돌렸다. 어느새 신안이 사라지고, 본연의 눈으로 돌아온 상태였다.
"연못을 건너가 볼 생각입니다. 제가 일각 안에 오지 않으면 절궁으로 돌아가서 기다려 주십시오."
인기척에 대해선 말하지 않았다. 그것까지 말하면 함께 가겠다고 할지 모르는데, 동행하기에는 너무 위험한 길이었다.
한데도 장막심은 절대 그럴 수는 없다는 듯 고개를 세게 저었다.
"자네를 놔두고? 그럴 수는 없네."
"너무 걱정 마십시오. 안쪽을 조사하는데 시간이 걸린다는 뜻이지, 위험해서 못 나오는 건 아닐 테니까요. 그리고 정말 저 안쪽에 구천신교로 통하는 길이 있다면…… 저는 더 안쪽으로 들어가 볼 겁니다."

장막심은 사도무영이 왜 구천신교에 집착하는지 알고 있기에 별다른 의문을 품지 않았다.

"정말 저 안에 통로가 있을 것 같은가?"

"아무래도 그럴 가능성이 많아 보입니다."

"정 그렇다면야 어쩔 수 없지만……. 대신 조심해야 하네."

그때 단혈마가 급히 물었다.

"이, 이봐? 그럼 우리는? 우리도 절궁에서 기다려야 하는 건가?"

"보물을 얻고 싶으시면 기다리시고, 바쁜 일이 있으시면 가보셔도 됩니다."

이제 볼 장 다 봤으니 당신들 마음대로 하라는 말.

그럼에도 쌍혈마와 죽마는 조금도 서운하지 않았다.

보물도 중요했지만, 그보다 괴물 같은 놈과 헤어지게 된 것이 더 기뻤다.

마음 같아서는 잘 가라고 손이라도 흔들어주고 싶었다. 아예 안으로 들어가서 영원히 나오지 못하면 더 좋고.

"그, 그래? 허허허, 알았네. 그렇게 하지. 어서 가보게."

사도무영은 피식 웃으며 몸을 돌렸다. 그러고는 물 위를 걸어서 순식간에 안개 속으로 사라졌다.

연못을 건넌 사도무영은 곧장 동굴처럼 보이는 곳으로 다가갔다.

거대한 절벽이 세로로 길게 쪼개져 있는데, 밖에서 봤던 것보다 훨씬 더 컸다.

동굴을 바라보던 그는 이를 지그시 악물고는, 땅을 박차고 동굴 안으로 신형을 날렸다.

구천신교와 관련이 있는 곳인지, 아니면 단순한 동굴인지는 알 수 없었다. 다만 분명한 것은, 여기까지 와서 그냥 돌아갈 수는 없다는 것이었다.

동굴 안에 내려선 그는 좌우를 둘러보았다. 축축한 공기 때문인지 동굴 벽에 물방울이 맺혀 있었다.

어느 순간, 무심하던 눈빛이 차갑게 반짝였다.

동굴은 자연적으로 생긴 것이지만, 태초의 모습 그대로는 아니었다. 여기저기 사람이 손을 댄 흔적이 많았다. 그것도 최근의 흔적이 아니라 아주 오래전의 흔적이었다.

전부터 사람들이 오가던 곳이라는 말.

입가에 싸늘한 미소를 베어 문 그는 천천히 동굴 안쪽으로 걸음을 옮겼다.

그가 동굴 안으로 이십여 장 가량 들어갔을 때였다.

쏴아아아아!

바깥의 공기가 동굴 안으로 빨려들며 거센 바람이 불어옴과 동시에, 동굴 안쪽에서 강한 기운이 감지되었다. 좀 전에 느낀 인기척과는 또 다른 기운이었다.

걸음을 멈춘 그는 회천선기를 일으키고는, 동굴 안쪽의 강한 기운이 가까이 오기만을 기다렸다.

그렇게 셋을 셀 시간이 흐를 때였다. 사람의 굵은 목소리가 동굴을 울렸다.

"이곳에 들어온 이상, 네가 누구든, 여기서 살아서 나가지 못할 것이니라."

사도무영이 전면을 노려보며, 동굴이 무너질 것처럼 큰 소리로 외쳤다.

"구천신교의 사람들이오?"

"행여나 네 동료들에게 위험을 알릴 생각이라면 포기해라. 이 동굴에서 나는 소리는 밖으로 나가지 않으니까."

'눈치는 되게 빠르군.'

바람이 바깥쪽에서 거세게 불었다. 상대의 말대로 자신이 아무리 크게 외쳐도 밖으로는 거의 새어나가지 않을 것 같았다.

그는 천천히 고개를 돌려 입구 쪽을 바라보았다.

어느새 나타났는지, 동굴 입구에 열 명의 무사들이 서 있었다. 괴이하게도 똑같이 무표정한 얼굴이었는데, 무시할 수 없을 만큼 강한 기운을 지닌 자들이었다.

게다가 동굴 입구의 대기가 괴이하게 일렁이는 걸 보니, 아무래도 기문진(奇門陣)이 펼쳐져 있는 듯했다.

'진세의 영향 때문에 바람이 부는 것이었군.'

진세란 힘으로 뚫을 수 있는 것이 아니었다. 진세를 누를 정도의 절대의 힘을 지녔다면 또 몰라도.

거기다 강한 기운을 지닌 열 명의 무사들이 앞을 막고 있었다.

'이거 뚫고 들어가기가 쉽지 않겠는데?'

안쪽에 있는 자들의 능력은 아직 확인도 하지 못한 상황.

그렇다면 서둘러서는 안 된다. 모든 걸 확인할 때까지는.

사도무영은 숨을 들이쉬고 천천히 몸을 돌렸다.

어둠 속 저 안쪽에서 사람들이 걸어 나오는 게 보였다.

모두 다섯.

숫자는 반밖에 안 돼도, 그들 다섯은 입구 쪽의 열 명보다 더 위험한 자들이었다.

다가오던 다섯 사람은 삼 장의 거리를 두고 멈춰 섰다.

검은 도복을 입고 머리에 핏빛 붉은 도관을 쓴 중년인이 가운데 서 있고, 그의 좌우로는 마치 사자(死者)의 얼굴처럼 무표정한 자들이 둘씩 서 있었다.

"누군지도 모르고 무조건 죽이겠다고 하다니, 손님을 맞이할 줄 모르는군요."

사도무영은 무심한 어조로 말하며 두 주먹을 천천히 움켜쥐었다. 여차하면 선공을 할 생각이었다.

'좋아, 놈들의 실력이 어느 정돈지 알아봐야겠어.'

그때 가운데 서 있는 자가 입을 열었다.

"네놈은 누구냐? 정천맹 놈은 아닌 것 같은데……."

핏빛 붉은 도관을 쓴 것도 괴이한데, 이마에 주사로 둥근 점까지 찍어서 사이한 분위기마저 풍겼다.

"나는 청운표국의 표사인 사영이라 하오만……."

사도무영의 목소리가 점점 작아지자, 도관을 쓴 자가 귀를 쫑긋 세우고 눈살을 찌푸렸다.

순간, 사도무영의 신형이 좌우로 흔들렸다.

붉은 도관을 쓴 자가 '엇!' 하는 사이 사도무영은 그의 우측에 서 있는 두 사람을 덮쳤다.

그 또한 상대의 허를 찌른 한 수였다.

입구 쪽을 노릴 거라 생각했던 사도무영이 거꾸로 안쪽부터 치자, 그들로선 미처 전력을 이끌어낼 시간이 없었다.

하지만 그들은 물러서지 않고 사도무영의 공세에 맞섰다.

도를 쓰는 놈이 적수공권에 조예가 깊으면 얼마나 깊으랴! 그렇게 생각한 듯했다.

그들이 어찌 알까. 도의 주인은 그 도를, 돈 떨어지면 팔기 위해서 가지고 다닌다는 걸.

사도무영은 두 사람이 맞서 오자, 우수로 건곤무영인을, 좌수 중지로 회혼지를 펼쳤다.

콰광!

한 사람은 입을 딱 벌린 채 뒤로 날아가고, 한 사람은 검을 반쯤 뽑은 채 회혼지에 가슴이 뚫려 그 자리에서 무너졌다.

'분위기만 그럴듯했지, 별것 아니군.'

자신이 생긴 사도무영은 상대와 부딪친 힘을 이용해 뒤로 빠르게 날아갔다.
 동료들이 당한 걸 본 이상 사람이라면 본능적으로 움직일 수밖에 없다. 그럼 빈틈이 생길 것이고, 그 빈틈을 이용한다면 어렵지 않게 상대할 수 있을 것이었다.
 "감히 내 앞에서 그따위 수작을 부리다니!"
 뒤에서 붉은 도관을 쓴 자의 노성이 들려왔다. 하지만 사도무영은 눈썹 하나 까딱하지 않고 계획대로 움직였다.
 그러나 적들은 사도무영의 뜻대로 움직여주지 않았다.
 사도무영은 입구를 향해 날아가며 눈살을 찌푸렸다.
 입구를 지키던 자들이 꼼짝도 하지 않고 그 자리에 서 있는 것이 아닌가.
 '이것들은 아무런 감정도 없나?'
 그렇다고 멈출 수는 없는 일.
 사도무영은 회천무벽으로 몸을 보호하고는, 입구에 서 있는 자들을 향해 돌진했다.
 속전속결! 그것만이 유일한 방법이라 생각한 사도무영은 쌍장에 진기를 가득 끌어올리고 입구에 서 있는 자들을 공격했다.
 콰르릉!
 풍뢰수가 펼쳐지자, 천둥벼락 치는 소리가 울리며 쐐기와 같은 장력이 입구를 향해 밀려갔다.

입구에 서 있던 자들은 도검을 뽑아들고 사도무영의 공세를 막았다.

쾅! 떠더덩!

단 일수에 세 사람이 뒤로 튕겨졌다. 비명이나 신음은 한 마디도 들리지 않았다.

그뿐이 아니었다. 세 사람의 동료가 튕겨졌는데도 적들은 눈썹 하나 까딱하지 않고 그를 향해 달려들고 있었다.

지독한 놈들!

선풍류를 펼친 사도무영은 그들의 공세 사이를 유령처럼 움직이며 빠져나갔다.

그때였다. 튕겨졌던 자들이 몸을 일으키는 게 보였다.

비록 오성의 공력으로 펼쳤다지만, 능히 바위를 가루로 만들만큼 위력적인 일수였다. 호신강기를 펼칠 정도의 고수가 아닌 이상 심각한 내상을 입었을 것이거늘, 크게 이상이 없는 것처럼 움직이는 것이 아닌가.

"어디 이것도 받아봐라!"

오기가 생긴 사도무영은 더욱 빠르게 적 사이를 누비면서 권장을 휘둘렀다.

쩌저정! 쾅!

또다시 네 사람이 그의 권장에 얻어맞고 뒤로 날아갔다.

몸을 돌리려던 사도무영은 멈칫하며 눈을 크게 떴다.

일 장 이상 나가떨어진 자들이 비틀거리며 또 일어나는 것이 아닌가.

'뭐 이런 것들이 다 있어?'

그때 뒤에서 가공할 기운이 밀려들었다.

사도무영은 그 기운의 주인이 누군지 짐작하고 몸을 돌리며 일장을 내질렀다.

쾅!

굉음과 함께 동굴이 흔들리며 붉은 도관을 쓴 자가 뒤로 한 걸음 물러섰다.

사도무영도 한 걸음 물러섰다. 물러설 정도의 충격을 받은 것은 아니었지만, 상대에게 자신의 실력을 일 푼이라도 숨기기 위해 고의로 물러선 것이다.

한 걸음 물러선 그는 상대의 뒤를 보고 헛웃음이 절로 나왔다.

맨 처음 그의 일장 일지에 쓰러졌던 자들이 멀쩡하게 살아서 움직이고 있었다.

그 중 하나는 가슴에 뚫린 콩알만 한 구멍에서 검붉은 피가 흘러나오는데도 표정에 변화가 거의 없었다.

"괴물들이군."

"후후후, 본교에서 심혈을 기울여 만든 수라마체(修羅魔體)에 구멍을 내다니, 제법이구나. 하지만 네놈은 결코 이곳을 빠져나갈 수 없을 것이다."

"수라마체? 그럼 저들이 강시 같은 거요?"

"강시 따위와 비교하지 마라. 수라마체에 대한 모독이니까."

강시든 수라마체든, 사도무영에게는 그게 그거였다.

'흥! 제아무리 단단하다 해도 결국은 피륙으로 이루어진 몸일 뿐…….'

회혼지에 가슴이 뚫린 걸로 봐서, 팔성 이상의 공력을 쓰면 내부를 완전히 박살낼 수 있을 것도 같다.

하지만 그는 괴물 같은 자들과 더 이상 싸울 생각이 없었다. 물론 나가고 싶지도 않았고.

자신이 왜 구천신교를 찾아다녔던가.

싸우기 위해서?

아니었다. 물론 언젠가는 싸우겠지만.

'제발 들여보내달라고 사정해야 할 판에, 내가 왜 나가?'

밖에 있는 사람들이 마음에 걸렸지만, 그들을 위해 자신이 할 수 있는 일은 아무것도 없었다.

'미처 빠져나가지 못했다 해도 제갈신운이 올 때까지는 견딜 수 있겠지.'

그렇게 생각한 사도무영은 결정을 내리고 두 손에서 공력을 회수했다.

"그만 합시다. 어차피 싸우려고 온 것도 아니니까."

수라마체의 몸에 구멍을 뚫고, 뼈를 부러뜨려 놓고는 장난이라도 했다는 것처럼 태연한 말투다.

붉은 도관을 쓴 자는 눈을 치켜뜨고 사도무영을 노려보았다.
"건방진 놈! 네놈이 지금 나와 말장난을 하자는 거냐?"
"그냥 시험해 보려고 했을 뿐이니 그냥 넘어갑시다. 전부 멀쩡하지 않습니까?"
방귀뀐 놈이 성낸다더니, 오히려 짜증을 내듯이 말한다.
붉은 도관을 쓴 자는 말문이 막혔다.
'뭐 이런 놈이 다 있어?'
목을 부러뜨려서 비명도 못 지른 채 죽어가는 꼴을 보고 싶었다. 발로 지근지근 주둥이를 밟는 것도 괜찮을 듯했고.
그러나 마음뿐이었다.
열 명이 넘는 수라마체들과 싸우면서도 밀리지 않고, 자신과 한 수 겨루고도 흔들림이 없었다.
죽이려면 상당한 손해를 감수해야 할 터. 그럴 경우 자칫하면 문제가 커질 수 있었다.
눈을 가늘게 뜬 그가 사도무영을 노려보며 물었다.
"싸우려고 오지 않았다고 했더냐? 그럼 뭐 하러 왔단 말이냐?"
"그야 구천신교에 들어가기 위해서 왔지요."
붉은 도관을 쓴 자는 어이없는 표정을 지었다.
구천신교에 들어가기 위해서 왔다고?
그게 정말일까?

믿을 수가 없었다.

"흥! 밖에 있는 놈들은 뭐냐? 보아하니 개방 놈도 있는 것 같던데, 저놈들도 너와 같은 생각으로 온 놈들이더냐?"

사도무영은 고개를 저었다.

"그들은 이곳으로 오던 중에 만난 사람들일 뿐입니다. 친한 사람들이었다면 왜 저 혼자 건너왔겠습니까?"

"정말 정천맹과 관련이 없단 말이냐?"

"물론입니다. 거짓이라면 제 목을 걸지요."

거짓말도 자꾸 하다 보니까 이제 표도 나지 않는다.

이러다 희대의 거짓말쟁이가 되는 거 아닐까?

'뭐 어때? 사부님과 화설 누이를 구할 수만 있다면야……'

붉은 도관을 쓴 자는 사도무영을 노려보는 눈에 힘을 주었다. 눈썹 한 올의 움직임도 놓치지 않겠다는 듯.

"구천신교에 들어오려는 이유가 뭐냐?"

사도무영은 잠시 머뭇거리고는, 마지못해 입을 여는 사람처럼 힘없이 말했다.

"사실 저는…… 현천교와 가까운 사입니다. 뭐 어떻게 보면 반 정도는 교도라고 할 수도 있지요. 당신들에게 도를 쓰지 않은 것도 그러한 마음 때문에……"

완전히 거짓말만은 아니었다. 오히려 그 말을 하며 조화설을 생각하니, 아련한 그리움마저 떠올라서 더 진짜처럼 느껴졌다.

고향에 대한 그리움.

붉은 도관을 쓴 자의 눈에는 정말로 그렇게 보였다.

"현천교라고?"

아무리 봐도 거짓말 같지는 않다. 눈썹은커녕 눈빛 한 줄기도 흔들리지 않는다.

더구나 자신과 비교해도 손색없는 고수가, 두려움이라곤 눈곱만큼도 없는 놈이 왜 그런 거짓말을 한단 말인가. 그냥 계속 싸우면 되지.

만약 지금까지 한 말이 거짓말이라면, 정말로 무서운 놈이 아닐 수 없었다.

그는 자신의 판단을 믿었지만, 다시 한 번 시험했다.

"흥! 어디서 현천교라는 이름을 듣긴 했나 보구나. 하지만 나는 네 말을 믿을 수 없다. 나를 믿게 하려거든, 네가 현천교와 연관되었다는 사실을 증명해 봐라."

"혹시…… 종리고명이라는 이름을 들어봤습니까?"

"종리고명?"

"한때 구천신교의 구대교령 중 자교령이었던 분입니다만. 그분께서 어릴 적 제 목숨을 구해주시고 저에게 많은 가르침을 베푸셨지요."

핏빛 붉은 도관을 쓴 중년인. 그는 구천신교의 아홉 종파 중 수라종파의 이인자인 총령(總領) 감평악이란 자였다. 구천신교 정식 서열인 구천백령(九天百靈) 중 이십칠령에 올라 있는 초절정의 고수.

그런 지위에 있는 만큼 구천신교의 역사에 대해서도 해박했다.

그는 종리고명이 구천신교 구대교령 중 하나였다는 말에, 오래된 기억 속에서 그 이름을 끄집어냈다.

종리고명이라는 이름을 아는데다가 그의 지위까지 안다.

그것만으로도 그는 사도무영의 말을 무조건 불신하지 못했다.

"좋다. 네놈이 그를 안다고 하자. 그것과 본교에 들어오려고 하는 것과 무슨 상관이란 말이냐?"

사도무영은 짐짓 결연한 표정을 지으며 목소리에 힘을 주었다.

"사실 제가 강호에 나온 것은 아직 두 달도 되지 않았습니다. 비록 먹고 살기 위해서 일단 표사가 되긴 했습니다만, 저에겐 꿈이 있습니다. 천하에서 가장 강하다는 구천신교의 사람이 되면 그 꿈을 이룰 수 있지 않을까 해서 찾아온 것이지요. 어찌되었든 제 사문이나 다름없는 곳 아닙니까?"

감평악의 눈빛이 묘하게 반짝였다.

'꿈을 이루기 위해 구천신교의 사람이 되고자 한다?'

정말이라면 죽이기에는 아까운 놈이었다.

성격도 대담하고, 실력도 뛰어나고.

엉뚱한 일로 인해서 제갈신운을 함정으로 끌어들이는 일에 차질이 생겼지만, 그를 죽이지 못하더라도 어느 정도 가치는 있을 것 같았다.

'내 심복으로 삼아?'

물론 엉뚱한 생각을 하지 못하도록 금제(禁制)한 다음에.

'이놈 정도면 수라단(修羅團)의 골칫덩이들을 다스릴 수 있을지도 모르겠는데……'

물론 그전에 현천교와 관련된 문제를 해결해야 했다.

그렇게만 된다면, 제갈신운을 잡지 못해도 크게 서운할 것이 없었다.

나름 계산을 끝낸 그는 목소리를 낮추고, 말투를 부드럽게 바꾸었다.

"흐음, 정말 본교에 들어가기 위해서 왔단 말이지? 비록 대어를 잡으려고 꾸민 함정에 미꾸라지가 걸려들었지만, 그 미꾸라지가 장어만큼 클 것 같아서 실망감은 들지 않는군."

사도무영은 속으로 흠칫했다.

'함정을 꾸몄다?'

정천맹이 쳐들어오는 걸 보고 급히 대응한 게 아니라, 미리부터 계획 자체를 알고 있었다는 말이다.

정말이라면 정천맹의 움직임이 이들의 손바닥에 있다는 말이 아닌가.

'정천맹 깊숙한 곳에 구천신교의 첩자가 있다는 말이군.'

어쨌든 그 일은 나중에 알아볼 일.

동상이몽(同床異夢) 275

사도무영은 마음이 풀어진 감평악에게 떡밥을 하나 던졌다.
"어떻게 하시겠습니까? 제가 비록 현천교와 연관이 있긴 하지만, 마음에 맞는 사람만 있다면 어느 종파든 상관치 않을 생각입니다만."

감평악의 눈빛이 사이하게 번뜩였다.
"어느 종파든 상관없다? 그게 정말이냐?"
"그렇습니다."
"그거 마음에 드는군. 네 뜻이 그렇다면 내가 어찌 무조건 마다하겠느냐, 후후후후……."

떡밥을 덥석 문 감평악이 기분 좋게 웃었다.
"받아주지 않겠다면 별수 없이 죽을 때까지 싸우려고 했는데, 그거 다행이군요."

감평악은 피식, 조소를 지으며 사도무영에게 한 가지 사실을 더 알려주었다.
"이제와 말이지만, 설령 저들을 모두 쓰러뜨린다 해도 너는 절대 이곳을 빠져나가지 못했을 것이다."
"당신 때문에 말입니까?"
"크크크크, 물론 나도 있지. 하지만 그보다, 저 입구의 진세를 통과하지 못할 거라는 게 더 큰 이유다."

사도무영은 모른 척하며 눈을 휘둥그렇게 떴다.
"진세? 입구에 기문진이 펼쳐져 있단 말입니까?"
"그렇다. 그 진은 출입방법을 모르는 한 누구도 통과하지 못한다. 네가 지금보다 배 이상 강해도."

"으음……. 하마터면 큰일 날 뻔했군요."

"너무 걱정 마라. 내 너를 믿기로 했으니까. 그건 그렇고, 너의 무공은 본교에서도 상급에 속할 만큼 강하다. 네가 본교의 사람이 되겠다는 맹세를 한다면, 내가 너를 중하게 쓸 것이다. 어떻게 생각하느냐, 너는 우리 종파에 들어올 생각이 있느냐?"

"어느 종파인데……."

"본인은 수라종파에서 종주 바로 아래인 총령이다. 신교 전체를 통틀어도 본인 위에 스무 명 정도밖에 없느니라. 네가 나를 믿고 따른다면 너의 꿈을 이루게 해주지."

아쉽게도 현천교가 아니다.

하지만 실망하지는 않았다. 수라종파에 있다 보면 그들에게 접근할 수 있는 기회가 올 테니까.

사도무영은 바로 대답하지 않고, 심각하게 고민하는 것처럼 동굴의 천장을 쳐다보았다.

감평악은 사도무영이 자신의 말에 거의 넘어왔다고 생각했는지 장밋빛 미래를 은근한 어조로 말했다.

"나 역시 너처럼 꿈이 많은 사람이지. 곧 천하무림이 본교의 발아래 놓이게 될 터, 그때가 되면 너는 나를 만났다는 걸 천운으로 생각하게 될 것이다."

사도무영은 천천히 고개를 끄덕였다.

"좋습니다. 귀하의 말대로 하지요. 기왕이면 마음이 통하는 분과 함께 있는 것이 나을 것 같군요."

조금 멍청해 보이기도 하고.

2.

그 시각.

연못가에서 사도무영을 기다리고 있던 사람들은 고함을 질러대며 무기를 빼들었다.

"모두 조심해!"

"적이다!"

"어떤 새끼냐?"

묵직한 기운이 안개 속에서 스멀거리며 밀려온다.

결코 자연의 기운이 아니다.

만소개가 딱딱하게 굳은 표정으로 좌우를 둘러보았다.

"누구요?"

나직한 웃음소리가 사방에서 메아리치며 울렸다.

"후후후후, 어리석은 놈들. 자청해서 지옥으로 들어왔으니 죽어도 후회하지 말도록."

이런 상황에서는 그래도 쌍혈마와 죽마의 판단이 빨랐다.

"튀어!"

"일단 도망가자고!"

그들은 암중의 적들과 이러쿵저러쿵 하지 않았다. 곧바로 몸을 돌린 그들은 일단 도망부터 치고 봤다.

거혈마는 두말없이 그들을 따라가고, 만소개도 뒤질세라 몸을 돌리며 장막심과 양류한에게 소리를 질렀다.

"뭐합니까! 빨리 도망쳐요!"

하지만 장막심과 양류한은 급하게 움직이지 않았다.

"놈들이 쉽게 보내줄까?"

"그럴 거 같으면 모습을 드러내지 않았겠죠."

"아무래도 그렇지? 그럼 서두르지 말자고."

"제 생각도 그렇습니다."

쩡! 스릉!

두 사람이 말을 주고받으며 검을 빼들자, 만소개는 두 사람의 생각을 짐작하고 인상을 확 찌푸렸다.

그도 명색이 정파의 후기지수 중 잘나간다는 사람 중 하나다. 장막심과 양류한의 결연한 모습을 보고 꽁지 빠진 닭처럼 도망치기에는 자존심이 허락지 않았다.

'제갈 대협이 오실 때까지는 견딜 수 있겠지.'

그런데 세 사람이 서두르지 않자, 쌍혈마와 죽마에게도 문제가 생겼다. 도망치다 정체모를 적들과 마주쳤는데, 그들 셋만으로는 포위망을 뚫기가 쉽지 않았던 것이다.

결국 그들은 적과 싸우다 말고 다시 안쪽으로 달려왔다.

"왜 안 도망가! 너희들이 함께 덤벼야 길을 뚫지!"
"씨발놈들! 겁나게 쎄네."
"형! 어떡하지?"
쌍혈마와 죽마가 일그러진 얼굴로 장막심과 양류한과 만소개를 바라보았다.
장막심이 결연한 표정으로 말했다.
"가고 싶은 사람은 가쇼. 어차피 적에게 퇴로가 막힌 이상 아우가 어떻게 되었는지 알고 가야겠소."
양류한도 싸늘한 표정을 한 채 고개를 들었다.
"아버지께선 항상, 급할 일일수록 침착하게 대응하라고 했지요. 일단 상황을 지켜 본 다음에 움직입시다."
만소개는 입을 꾹 닫고 타구봉만 만지작거렸다.
'씨발, 잘난 아우도 없고, 그렇게 말해줄 아버지도 없는 사람은 서러워 살겠나?'
오기가 생긴 그는 쌍혈마와 죽마를 쓱 둘러보고 소리쳤다.
"까짓 거, 뭐가 무서워요? 우리가 뭉치면 저들도 함부로 못 할 거요!"
절벽이 쩌렁쩌렁 울릴 정도로 크게 소리치고 나자 갑자기 가슴이 뜨거워졌다.
거지가 가슴이 뜨거워질 일이 뭐 있을까? 사람들의 조롱에 화가 날 때 빼고.
그런데 오늘의 뜨거움은 그런 종류가 아니었다.

'이거 기분 괜찮은데?'

쌍혈마와 죽마는 그런 세 사람을 미친놈 보듯이 쳐다보았다.

"뭐 이런 놈들이 있어? 죽는 게 그렇게 좋냐?"

"아까 못 들었어? 무슨 일 있으면 바로 떠나라고 했잖아!"

"누구는 가기 싫어서 안 가는 줄 압니까? 갈 수가 없으니 못 가는 거 아닙니까?!"

만소개가 버럭 소리치고는 타구봉을 쥔 손에 힘을 주었다. 적들이 점점 가까이 다가오는 게 전신의 압박감으로 느껴졌다.

'지미, 제갈 장로는 언제 오는 거야? 오려면 빨리 오지.'

이미 도망치기는 늦은 상황. 쌍혈마와 죽마는 울며 겨자 먹듯이 일그러진 얼굴로 무기를 빼들었다.

"그 새끼 만났을 때부터 재수 옴 붙었다니까."

"형, 누구? 내가 죽여줄까?"

"으이그, 시끄러! 헉! 놈들이 몰려온다!"

단혈마가 창백한 안색으로 소리쳤다.

그의 말대로 적이 안개 속에서 모습을 보이기 시작했다. 완전히 곡구를 틀어막고 있었는데, 언뜻 보이는 자만도 사오십 명은 되었다.

그들은 여섯 사람을 향해 천천히 다가왔다.

그나마 다행이라면, 적극적인 공격을 펼치지는 않는다는 것이었다.

 구천신교의 무사들로선 그럴 수밖에 없었다. 그들이 노리는 건 정천맹의 고수들이었지 사도무영 일행이 아니었다. 그들로서는 제법 강하게 보이는 사도무영 일행을 상대하며 힘을 뺄 이유가 없는 것이다.

 여섯 사람은 둥글게 뭉쳐서 적의 산발적인 공격을 막아냈다. 생사를 같이하며 전장을 누빈 동료들이라도 되는 것처럼 서로를 지켜주면서.

 마음에 안 들어도 하는 수 없었다. 그래야 자신도 살 수 있으니까.

 "거기 곰 같은 놈! 너무 앞으로 나가지 마! 사람도 죽이지 못하는 놈이 왜 앞으로 나가?"

 "당신이나 똑바로 해! 덩치도 반 토막밖에 안되면서 꾀까지 부리니까 내가 더 힘들잖아!"

 "조용해! 떠들 시간에 한 놈이라도 더 죽여! 이봐! 이쁜이는 나하고 저쪽 막자!"

 "한 번만 더 그러면, 적이고 뭐고 당신의 뼈다귀만 남은 목에다 먼저 바람구멍을 내버리겠어."

 "젠장! 사부님은 왜 나를 딸려 보내서……. 배고파 죽겠네. 밥 먹을 때도 지났는데."

 "형! 나도 배고파!"

 "시끄러!"

여섯 사람은 입에서 나오는 대로 소리를 질러댔다.

그렇게 해서라도, 살얼음판에 올라선 것 같은 긴장감을 떨치고 싶었다.

그들이 질러대는 소리에 구천신교 무사들은 공격을 하다 말고 멈칫거렸다.

어이가 없었다.

정천맹을 치기 위해 매복하고 있었다. 그런데 우리가 왜 이런 미친놈들과 싸우고 있는 걸까?

괜히 건드린 거 아냐? 그냥 보내줄 걸 그랬나?

그런 생각마저 들 지경이었다.

묘한 것은, 그러다 보니 상대를 죽여야 한다는 생각조차 희미해져서, 공격의 날카로움이 무뎌지고 있다는 것이었다.

그렇게 일각이 지날 무렵.

"놈들을 쳐라!"

고함소리가 들리는가 싶더니, 계곡의 입구 쪽에서 안개를 밀어내며 백여 명의 무사들이 나타났다. 마침내 제갈신운과 오호단의 고수들이 도착한 것이다.

"우리가 왔으니 걱정 말게!"

와중에 제갈신운의 목소리가 들렸다. 그래도 적을 끌어내기 위해서 밑밥으로 쓴 게 미안하지 조금은 걱정스런 목소리였다.

오호단 고수들이 연못 근처로 몰려오자, 절벽 위에서 광소가 터져 나왔다.

"우하하하! 지옥에 들어온 것을 환영한다! 모두 공격해!"

그 즉시 장막심 등을 상대하던 자들도 즉시 방향을 틀었다.

그들의 얼굴에는 제정신이 아닌 놈들을 상대하다 보니 슬슬 짜증이 나는데 잘 되었다는 표정이 역력했다.

"아수라존체! 아수라존체! 수라의 힘은 영원하리니! 저들의 피를 아수라께 바쳐라!"

뒤이어 제갈신운의 싸늘한 목소리가 계곡을 뒤흔들었다.

"누가 지옥에 갈지는 두고 봐야겠지! 정천맹의 무사들은 마도의 무리들을 쓸어버려라!"

안개가 출렁이고 검광과 도광이 번뜩이는가 싶더니, 순식간에 오호단 무사들과 구천신교 무사들이 뒤엉켰다.

삼백수십 명이 어우러진 채 벌어진 대접전!

"크억! 이 개자식들이……!"

"죽여라!"

"우리의 평온을 깨러 온 놈들이다! 한 놈도 살려 보내지 마라!"

눈 몇 번 깜박이는 사이, 계곡 안이 피로 물들었다.

고함과 신음, 비명이 여기저기서 터져 나오고, 욕설 섞인 악다구니와 병장기 부딪치는 소리에 귀가 다 먹먹할 지경이었다.

하얗던 안개가 붉게 변하고, 신비함이 느껴지던 풍광이 죽음의 대지로 변해갔다.

 처음에는 팽팽하게 진행되던 전황(戰況)이, 일각 가량 지나자 서서히 정천맹 쪽으로 기울기 시작했다.

 그 중심에는 제갈신운이 있었다.

 오호단원들이 십여 명 가량 쓰러지자, 더는 안 되겠다 생각했는지 그가 본신의 무공을 드러내기 시작한 것이다.

 "용서치 않으리라!"

 콰아아아!

 분노에 찬 일성과 함께 그의 검첨에서 형성된 석 자 길이의 검강이 검풍과 함께 주위를 휩쓸었다.

 그때마다 구천신교 무사들 중 두세 명이 비명도 제대로 지르지 못한 채 피를 뿌리며 쓰러졌다.

 검강에 휩쓸린 자는 말할 것도 없고, 검풍에 휘말린 자들조차 옷과 살이 쩍쩍 갈라지고 칠공에서 피가 뿜어졌다.

 "이놈! 여기도 있다!"

 "제갈신운! 너는 우리와 싸우자!"

 결국 구천신교의 무사들 중 수장으로 보이는 자 둘이 합세해서 제갈신운을 상대했다.

 하지만 실력 차이가 너무 컸다. 제갈신운의 실력은 그들의 예상보다 훨씬 강했다.

 십초가 지나기도 전에 한 사람이 뻥 뚫린 가슴을 부여잡은 채 쓰러지고, 다른 한 사람은 얼굴이 하얗게 질려서 멀찌감치 물러나 버렸다.

제갈신운은 두 사람을 떨쳐내고 주위를 둘러보았다.

이대로 조금만 지나면 이기는 것은 확정적이었다.

한데 이상했다. 보여야 할 사람이 보이지 않았다.

그는 오 장 가량 떨어진 곳에서 적과 대치하고 있는 장막심에게 신형을 날렸다.

"그는 어디 갔는가?"

"연못을 건너갔습니다!"

제갈신운은 시력을 집중해서 연못 건너편을 바라보았다.

연못 너머의 공터가 희미하게 보였다.

연못의 넓이는 이십 장 정도. 제법 넓었지만 건너가는 것은 그리 어렵지 않을 것 같았다.

그가 다시 장막심에게 물었다.

"언제 건너갔는가?"

"일각 전쯤에 건너갔습니다."

일각이나 되었다고?

저 안에 무엇이 있기에 아직도 나오지 않는 걸까?

의문이 아닐 수 없었다.

혹시 저 안에서 중요한 것을 발견하기라도 한 건 아닐까?

그렇다면 여기서 머뭇거릴 시간이 없었다. 어차피 구천신교에 타격을 주기 위해 온 터. 위험은 감수해야 했다.

"남궁 아우! 나와 함께 저 안으로 들어가자! 이곳은 사대주가 지휘하라!"

 제갈신운은 단호히 소리치고 연못을 향해 신형을 날렸다.

 남궁성도 상대하던 자를 떨치고는, 제갈신운을 따라 연못으로 날아갔다.

 제갈신운은 아무것도 이용하지 않고 등평도수의 신법을 펼쳤지만, 남궁성은 검면으로 물을 후려치고 그 힘을 이용해 연못을 건넜다.

 어지간한 경험이 없으면 생각조차 할 수 없는 뛰어난 임기응변이었다.

 그들이 연못을 건너가자, 구천신교의 무사들이 다시 압박하기 시작했다. 그 바람에 싸움의 양상이 다시 팽팽하게 전개되었다.

 장막심과 양류한, 만소개는 오호단 고수들과 함께 구천신교의 무사들을 막았다.

 하지만 쌍혈마와 죽마는 백호단 무사들과 조금 떨어진 곳에서 싸움을 벌였다.

 '쓰벌, 내가 정천맹 놈들과 한 패가 되어서 싸우다니!'

 '염병! 저놈들이 내가 죽마라는 걸 알면 나부터 죽이겠다고 할지도 모르는데……'

 그러한 마음도 모르고, 거혈마가 불만을 터트렸다.

 "형! 왜 떨어져서 싸워! 더 힘들잖아!"

 단혈마와 죽마는 거혈마부터 죽이고 싶은 마음을 꾹 참고 적을 상대했다.

 연못을 건너갔던 제갈신운과 남궁성은 건너간 지 얼마 안 되어서 바로 돌아왔다.
 제갈신운이 눈살을 찌푸리며 말했다.
 "저 안에는 그가 없네. 어떻게 된 건가?"
 "예? 분명 연못을 건너갔는데……."
 장막심은 눈을 동그랗게 뜨고, 양류한은 고개를 저으며 단호하게 말했다.
 "그럴 리가 없습니다. 연못을 건너는 걸 우리 모두가 봤습니다."
 제갈신운이 눈살을 찌푸리며 만소개를 바라보았다.
 만소개가 굳은 표정으로 물었다.
 "물에 빠지지만 않았다면 분명 안에 있어야 합니다. 혹시 다른 곳으로 통하는 길은 없었습니까?"
 "보지 못했네. 이상하군. 가만, 혹시 안개가 유난히 짙게 끼었던 그곳에……?"
 절벽 한 곳이 진한 안개로 뒤덮여 있었다. 이제 생각해 보니 인위적인 안개처럼 느껴졌다.
 비록 검에 평생을 바쳤다지만 그는 제갈세가의 사람. 번개처럼 기문진이 떠올랐다.
 '너무 서두르는 바람에 소홀히 봤군!'

"아우가 이곳을 지휘하게. 나는 다시 건너가서……."

한데 그의 말이 끝나기도 전이었다. 구천신교의 무사들이 썰물처럼 빠져나갔다.

평소라면 안도했을 것이었다. 그러나 지금은 그럴 수가 없었다.

제갈신운은 적이 갑자기 빠져나가는 걸 보고 표정이 급변했다. 그가 안개에 싸인 절벽을 쳐다보며 소리쳤다.

"모두 머리 위를 조심하면서 이곳을 빠져나간다!"

남궁성도 그의 말뜻을 눈치채고 수하들을 다그쳤다.

"가자! 암기를 조심해!"

신형을 날린 오호단원들이 절벽 밑을 통과할 때였다. 사방에서 대기를 꿰뚫는 소리가 나는가 싶더니, 화살과 온갖 암기가 뒤섞여서 날아왔다.

쉬쉬쉬쉭! 피이잉!

타당! 티딩!

오호단원들은 날아드는 화살과 암기를 눈이 아닌 감으로 느끼고, 도검으로 쳐내면서 계곡을 빠져나갔다.

밝은 곳이었다면 어렵지 않게 막아낼 수 있을 터였다. 그러나 안개 속에서 날아드는 화살과 암기는 절정고수들에게도 위협적이었다.

"크윽!"

"이 비겁한 놈들이!"

순식간에 대여섯 명이 화살과 암기에 맞아 쓰러지고, 몇 사람은 몸에 암기를 꽂은 채 필사적으로 그곳을 벗어났다.
 장막심과 그 일행은 암기가 우박처럼 한차례 쏟아진 후에야 움직였다.
 흔들리는 눈빛으로 연못을 바라본 장막심이 고개를 돌리며 입술을 씹었다.
 "최소한 죽지는 않았을 거네. 그럼 곧 만날 수 있겠지."
 양류한은 입을 꾹 다문 채 고개만 끄덕였다. 그가 아는 사도무영은 쉽게 죽을 사람이 아니었다.
 단혈마가 그들을 재촉했다.
 "뭐해! 암기가 줄어들었을 때 빨리 가자고!"

제10장
수라곡(修羅谷)

1.

 감평악은 사도무영의 혈도 세 군데를 점했다. 크게 중요한 곳은 아니었지만, 진기의 흐름을 방해하는 요혈이었다.
 그리고 도를 뺏은 후 몸을 돌렸다.
 "본교 특유의 수법으로 막았으니 함부로 운기하면 큰일 나네. 나중에 풀어줄 테니 조금만 참고 따라오게나."
 사도무영은 그가 하는 대로 놔두고는, 그를 따라 걸음을 옮겼다.
 동굴을 따라 백여 장을 들어가자 바깥으로 통하는 입구가 나왔다.
 동굴 바깥은 제법 넓은 협곡이었다. 넓이는 백여 장, 쭉 뻗은 협곡의 길이는 오 리쯤 되어 보였는데, 하늘은 안개로 가려져 보이지 않았다.

더구나 상당한 고지대이고 늦가을인데도 날씨가 조금도 춥지 않았다.

아마도 바깥에서 느꼈던 것처럼 인근에 온천지라도 있는 듯했다.

'장소는 기가 막힌 곳에 잡았군.'

건물의 숫자는 예상보다 적었다.

눈에 보이는 것을 대충 세어 봐도 스무 채가 못 되었다.

"여기가 바로 우리 수라종파의 터전인 수라곡(修羅谷)이네."

"구천신교의 총단과 얼마나 떨어져 있습니까?"

사도무영이 지나가듯이 물었다. 감평악은 별 의심 없이 대답해주었다.

"후후후, 신교는 여기서 백 리 이상 떨어져 있네. 지금은 그렇게만 알게. 곧 모든 것을 알게 될 테니까. 그리고 도는 혹시 몰라 압수한 것이니, 너무 아까워하지 말게나."

'백 리…… 그리 멀진 않군.'

백 리 밖에 화설 누이가 있다는 말이었다. 어쩌면 사부도 있을지 모르고.

사도무영은 주먹을 지그시 움켜쥐고 감평악의 뒤를 따라갔다.

그의 앞뒤로 열네 명의 수라마체라는 괴물들이 둘러싼 상태였다. 하지만 사도무영은 그들에게 조금도 신경을 쓰지 않았다.

명이 떨어지기 전에는 자의적으로 움직이지 않으니 신경을 쓸 이유가 없었다.

그리고 도 역시 조금도 아까워하지 않았다.

'거치적거리는 게 없으니 오히려 편하군.'

감평악은 사도무영을 십여 채의 건물 중 하나에 머물게 했다. 그리고는 수라종파의 종주(宗主)이자 자신의 친형인 감교악을 만나러 갔다.

감교악 역시 감평악처럼 붉은 도관을 쓰고 있었다. 차이라면 도관에 '수라(修羅)'라는 두 글자가 쓰여 있다는 것뿐.

언뜻 보면 일반 도관의 도사처럼 평범한 모습이었다.

그러나 감평악은 그를 대하는데 극히 조심했다. 종주는 겉으로 보이는 모습과 달리 자신보다 배는 더 악독한 자였다.

삼십여 년 동안, 그는 자식을 얻기 위해 세 명의 부인을 맞이했다.

그리고 세 명의 부인 모두 자식을 낳지 못하자 배를 갈라 죽였다.

감평악은 그걸 알기에 혼인을 하지 않았다. 혹시라도 자식을 낳으면, 감교악이 자식을 빼앗고 죽일지 모르니까.

완벽한 자신의 자식으로 만들기 위해서. 그의 형, 수라종파의 종주 감교악은 충분히 그러고도 남을 사람이었다.

"그놈이 정말 그리 뛰어나단 말이지?"

"이 아우가 잘못 보지 않았다면, 신교의 젊은이들 중 그놈보다 뛰어난 놈은 몇 없을 것입니다. 대교주님의 제자들이라면 모를까."

"흠, 그 정도란 말이지? 그런데 현천교의 제자였다고?"

"정식 제자는 아니고, 구대사령 중 하나인 종리고명에게 무공을 배우고, 그의 진기를 격체전력으로 이어받았다고 합니다."

"종리고명이라고?"

"예, 종주."

"믿을 수 있겠느냐?"

"외부 사람은 알지도 못하는 현천교의 교리에 대한 것을 알고 있는데다가, 종리고명의 이름과 지위를 알 정도면 적어도 반 이상은 사실일 거라 보고 있습니다."

"그가 우리 수라종파의 제자가 되겠다고 했느냐?"

"승낙을 하긴 했습니다만, 만약을 위해 철저히 금제를 가할 생각입니다."

"당연히 그래야지. 조금이라도 의심이 들면 아예 수라마체로 만들어 버리든지."

"예, 종주."

"그리고 놈의 실력이 그렇게 뛰어나다면, 이번 대총회 때

우리 수라종파의 대표로 호교무장전에 내보내도 되겠는데, 네 생각은 어떠하냐?"

"아주 좋은 생각이십니다. 그놈이라면 괜찮은 성과를 거둘 수 있을 것입니다."

"어느 정도 성과를 거둘 것 같으냐?"

"팔대무장에는 들지 않을까 생각하고 있습니다."

"호오, 그 정도까지? 정말 그렇게만 된다면 많은 놈들이 배아파 하겠군."

"아무래도 그렇겠지요. 종주님의 제자인 도담이와 함께 둘이나 팔대무장에 들어간다면, 우리 수라종파에 인재가 없다고 떠들던 놈들의 입이 쏙 들어갈 겁니다."

"후후후후, 좋아, 좋아. 그 일은 그렇게 하기로 하고……. 제갈신운에 대한 것은 어떻게 되었느냐?"

감교악이 웃으면서 물었다.

하지만 감평악은 결코 웃을 수 없었다. 말 한마디 잘못하면 팔다리 중 하나를 잃을지 몰랐다.

그는 할 말을 재빠르게 정리한 후 조심스럽게 말했다.

"사영이라는 아이 때문에 미리 진세를 발동시켜서 동굴 안으로 끌어들이는 것은 실패했습니다만, 청라지 외곽에서 정천맹의 오호단 놈들을 서른 명 넘게 추살했습니다."

"아깝군. 그놈을 꼭 죽였어야 하는데……."

감평악은 등줄기로 식은땀이 흐르는 것을 느끼며 침을 소리

나지 않게 삼켰다.

"너무 아쉬워하지 마십시오, 종주. 놈은 반드시 또 올 것입니다. 그때는 더 치밀하게 준비해서 반드시 놈의 목을 잘라오도록 하겠습니다."

"그래야지……. 이 형은 같은 실수를 두 번이나 하는 자는 용서하지 않는다. 네가 아무리 내 동생이라도. 그러니 나로 하여금 동생의 사지를 자르는 죄를 짓게 하지 말거라."

"용서해주셔서 감사합니다, 종주."

"하하하, 그렇다고 해서 너무 겁먹지 마라. 너는 내 동생이 아니더냐? 더구나 훌륭한 인재를 얻었으니, 대총회의 일만 잘 된다면 너에게 큰 상을 내릴 것이다."

감평악은 느릿하니 안도의 한숨을 내쉬며 고개를 숙였다.

"분명 잘 될 것입니다."

"여러 가지로 힘들었을 테니, 그만 가서 쉬도록 해라. 그리고 그 아이는, 금제가 확실하게 작용하는지 확인한 후에 데려오도록 해라."

"예, 종주. 그럼 이만……."

감평악은 몸을 일으켰고, 들어간 지 이 각 만에 방을 나섰다.

탁.

방문이 닫히는 소리가 들리자, 감평악은 이마의 땀을 닦아냈다. 그리고 싸늘한 눈빛을 빛내며 건물을 나섰다.

'그 아이를 데려온 것이 꼭 그러한 이유 때문만은 아니외다, 형님. 나중에 알게 되겠지만……. <u>흐흐흐흐</u>…….'

2.

사도무영은 방에서 가만히 회천선기를 돌려보았다.

회천선기는 회천수혼에서 얻은 내공. 당연히 일반 내공과 그 흐름 자체가 달랐다.

감평악이 수라종파 특유의 수법으로 막은 요혈은 열 걸음을 옮기는 동안 뚫려버린 상태였다. 굳이 힘쓸 것도 없이.

한데 그 바람에 어이없는 상황이 발생했다.

'제기랄, 계속 막힌 것처럼 행동하려니 그게 더 힘드네.'

그랬다. 어이없지만 그는 자신의 기운으로 그 세 군데 요혈을 막아야만 하는 상황이었다. 지금 회천선기를 운용하는 것도 그 때문이었다.

그는 세 군데 요혈을 스스로 막고 자리에서 일어났다. 오랜만에 편히 누워 쉬고 싶었지만, 누군가가 방으로 다가오고 있었다. 느껴지는 기운으로 봐서 감평악인 것 같았다.

덜컹.

아니나 다를까, 문이 열리더니 감평악이 들어왔다.

"편히 쉬었나?"

편히 쉬려는데 당신이 왔지.

그래도 싫은 기색을 보이지는 않았다.

"혈도가 막히니까 몸이 답답하군요."

"하하, 알겠네. 여기까지 순순히 따라왔는데, 내가 자네를 너무 못 믿었던 것 같군."

감평악은 사도무영에게 다가오더니, 순순히 막힌 혈도를 풀어줄 것처럼 말했다.

'어쭈? 웬 친절?'

친절하지 않은 사람이 친절을 베풀 때는 그만한 이유가 있는 법.

조금 기다리자 감평악이 본심을 드러냈다.

그는 품속에서 작은 함을 꺼내더니, 그 안에서 엄지손톱만 한 단약을 하나 꺼냈다.

"이것을 복용하도록 하게."

"그게…… 뭡니까?"

"독약은 아니니까 안심하게. 오히려 자네에게 많은 도움이 될 것이야."

그러니까 그게 뭐냐고!

사도무영이 단약과 감평악의 눈을 번갈아 쳐다보자, 감평악이 어울리지 않게 사람 좋은 웃음을 지으며 말했다.

"이 일대에선 수많은 영약이 나온다네. 이 단약은 그런 영약을 십여 가지 약초와 함께 섞어서 만든 거라네. 복용하고 운기하면 내공 증진에 많은 효과가 있지."

"그러니까, 내공을 높여주는 영약이란 말입니까?"

"그렇다네. 단숨에 엄청난 증진을 이루진 못해도 상당한 효과를 볼 수 있다네. 무인에게는 보물이나 마찬가지지."

설마 나 보고 그 말을 믿으란 소리는 아니겠지?

"혈도를 풀어주는 대신 복용하라고 할 때는 이유가 있을 것 같습니다만……."

"하하, 그야 물론이지. 이 단약을 복용하면 내공이 늘어나긴 하는데, 딱 하나 약점이 있다네."

그럼 그렇지! 어디 한 번 말해 보시지.

"육 개월에 한 알씩 꾸준히 복용하지 않으면 오히려 내공이 감퇴된다네."

그뿐이 아닐 것 같은데?

"그리고 약간의 고통이 있는데, 내공이 갑자기 감퇴되다 보니 생기는 부작용이라네."

약간의 고통이 아니라, 엄청난 고통이겠지. 죽고 싶을 만큼.

'한 마디로, 살고 싶으면 육 개월에 한 번씩 받아먹으면서 열심히 졸개 노릇 하란 말이군.'

"총령께서도 그거 복용하십니까?"

생각지 못한 질문이었는지 감평악이 어색한 웃음을 흘렸다.

"하, 하, 하. 나야 뭐, 나이가 있어서 별 소용이 없다네."

사도무영은 더 자극하지 않고, 감평악의 손에 들린 단약을 두 손가락으로 집어 들었다.

 어차피 어떤 금제든 각오하고 들어오지 않았던가.

 그게 약으로 인한 거라면 차라리 다행이었다. 사부의 말대로라면, 자신은 회천제심단을 다섯 알이나 복용해서 어지간한 독은 통하지도 않는다 했으니까.

 사실인지 확실하지는 않지만. 시험해 보지는 않았으니까.

 그리고 그는 회천수혼을 믿었다. 지옥을 넘나드는 고통을 받으며 흡수한 그 기운이라면 독 정도는 견뎌낼 수 있을 것이었다.

 그것으로도 안 되면, 다른 방법을 찾아보고.

 '세 번 죽고 세 번 산다고 했으니, 설령 한 번 더 죽어도 또 살아나겠지.'

 까짓 거, 겁날 것 하나도 없었다.

 그는 잘 보라는 듯 단약을 날름 입안에 넣고 꼭꼭 씹었다.

 "으, 쓰군요."

 "원래 쓴 약이 몸에 좋다지 않나? 천천히 꼭꼭 씹어서 삼키게."

 감평악은 만족한 미소를 지으며 나름 친절하게 말했다.

 그리고 손을 뻗더니 세 군데 요혈을 두들겼다.

 사도무영은 답답함이 풀린 것처럼 몸을 비틀어보았다.

 "으으음. 이제 좀 살겠군요."

 "수라단은 육 개월에 한 번씩, 사흘 전에 줄 거네. 그러니 혹시라도 강호에 나가게 되면 여섯 달 안에 항상 본교로 돌아와야 하네. 내 미처 이야기 못했네만, 그 기간이 지나고도 닷새 안에 복용하지 못하면, 자칫 죽는 수도 생긴다네."

'내 그럴 줄 알았지. 뭐? 미처 이야기를 못해? 그게 아니라 안 한 거지. 빌어먹다 뒈질 인간 같으니라구.'

사도무영은 속으로 실컷 욕을 하고 손을 내밀었다.

"한 알만 더 미리 주면 안 되겠습니까?"

"그건……."

"어차피 그래봐야 육 개월 아닙니까? 혹시라도 제가 깜박 때를 잊었다든가, 아니면 어디 멀리 가 있으면 큰일 날지 모르는데, 예비로 하나쯤은 있어야죠."

감평악은 잠시 생각하더니, 일리가 있다 생각했는지 함에서 단약을 한 알 꺼내 내밀었다.

이미 한 알을 복용한 이상 올가미에 걸린 놈이다. 인심 좀 쓰고 완벽히 자신의 사람으로 만든다면 손해될 것도 없었다.

"다른 사람에게는 일체 말하면 안 되네. 내 특별히 자네를 생각해서 주는 거니까."

"물론이죠. 제가 왜 말합니까? 잘못하면 총령만 곤란해질지 모르는데요. 좌우간 감사합니다."

"허허허, 뭘……. 어쨌든 자네와는 마음이 잘 맞는 것 같아 기분이 좋군. 앞으로도 나를 잘 따르면, 내 절대 서운하지 않게 해주겠네."

사도무영도 씩 웃어주었다.
"알겠습니다."
당신도 나를 많이 도와주쇼. 사부님과 화설 누이를 찾을 수 있게.

3.

밤이 되자 뱃속이 살살 아파왔다.
거기다 온몸에 붉은 반점까지 생기며 슬슬 가려워졌다.
'젠장! 약 때문인가?'
다른 이유가 있을 리 없었다. 하루는 굶어야 한다고 해서 저녁식사도 못했으니까.
그렇게 한 시진 가량이 지나자 그의 몸이 불덩이처럼 달아올랐다.
그때 감평악이 왔다.
'흐흐흐, 증상이 확실한 걸 보니 허튼짓을 하지는 않았군.'
그는 사도무영의 모습을 보더니 흐뭇한 표정을 지었다.
"몸은 좀 어떤가?"
"가려워 죽겠습니다. 혹시 약이 잘못된 거 아닐까요?"
"지극히 정상이네. 조금만 참으면 가려움증이 없어질 거네. 붉은 피부도 제대로 돌아올 거고."

"끄응, 얼마나 지나야 됩니까?"

"내일 새벽이면 괜찮아 질 거네."

헉! 내일 새벽까지 가려움을 견디라고?

고통이라면 얼마든지 참을 수 있다. 그러나 가려움이라면 이야기가 조금 다르다. 하지만 감평악은 사도무영의 마음을 조금도 생각해주지 않았다.

"몸이 제대로 돌아올 때쯤이면 약간의 고통이 있을 거네. 그것만 참으면 끝나니 너무 걱정 말게."

사도무영은 감평악을 노려보았다.

사부가 하던 말투와 어쩌면 저렇게 똑같을까!

'나중에, 반드시 돌려주지. 두고 보라고!'

감평악은 만족한 채 방을 나간 후로, 사도무영은 혼자서 뜬 눈으로 밤을 새웠다.

그리고 마침내 새벽이 왔다.

가려움이 사그라지는 것 같더니, 이번에는 고통이 밀려들기 시작했다.

"끄으으으……. 허억……."

불길이 내장을 휘젓고 다니는 듯했다. 개미가 핏줄을 통과하며 사정없이 물어뜯는 것만 같았다.

"크으으윽!"

반각 간격으로 그의 방에서 흘러나온 신음소리는 이십여 장 떨어진 곳까지 들릴 정도로 컸다. 하지만 수라곡의 사람들 누구도 그의 신음소리에 신경 쓰지 않았다. 당연히 그럴 줄 알았다는 듯.

그렇게 새벽 내내, 그는 신음하며 고통을 달랬다.

"아으으으…… 끄으으!"

한데 조금 묘했다.

입에서는 거친 신음이 흘러나오는데, 행동은 영 고통에 찬 사람의 것이 아니었다.

그는 침상에 엎드린 채 턱을 괴고 느긋하니 책을 보고 있었다. 때가 되면 신음을 내지르고.

'흠, 수라종파의 역사라……. 으윽, 또 살살 아프네. 이거 언제 끝나지?'

제법 심한 고통이긴 한데, 회천수혼을 얻을 때의 고통에 비하면 조족지혈이었다.

그래도 듣는 사람 입장을 생각해서 신음은 크게 질렀다.

"크어억! 컥, 컥!"

'하도 소리를 질렀더니 배가 더 고프네. 그만 지를까?'

그의 마음을 알았는지, 고통은 두어 번 더 몰려온 후 잠잠해졌다.

'이제 끝났나 보군.'

사도무영은 반각 간격으로 밀려들던 고통이 이 각 이상 감감무소식이자, 침상에서 일어났다. 그리고 몸 상태를 점검해

보았다.
 감평악의 말이 완전 거짓은 아니었다.
 운기를 해보자 내공이 이삼 푼은 늘어난 듯했다.
 '호오, 영약이든 독이든, 시시한 것은 아니었나 보군.'
 독약도 잘만 쓰면 영약이 된다고 했다. 시시한 것이라면 이 정도의 효과를 볼 수 없을 것이었다.
 그때 문득, 기해혈 깊숙한 곳에서 손톱만한 덩어리가 뭉쳐 있는 게 느껴졌다. 전에는 없던 거였다.
 '이게 금제의 결과물인가?'
 배신을 하면 기해혈에 있는 덩어리가 어떤 식으로든 작용할 것이 분명했다.
 거꾸로 생각하면, 그것만 처리하면 금제가 풀린다는 말이기도 했다.
 사도무영은 회천선기를 움직여 기해혈의 그 덩어리를 자극해 보았다.
 순간, 뱃속에서 뜨거운 열기가 솟구치며 고통이 밀려들었다. 하지만 사도무영은 꾹 참고 조금 더 세게 밀어붙였다.
 잠깐 사이 사도무영의 얼굴이 벌게졌다.
 다른 사람이었다면 기절을 했을 정도의 고통이었지만, 그는 악착같이 참고 회천선기를 운용했다.
 그렇게 얼마나 지났을까, 마치 살아있는 것처럼, 덩어리가 움츠러들며 회천선기의 기운을 피해 한쪽 구석으로 움직였다.

그리고 온몸을 태워버릴 것 같던 고통과 열기도 조금씩 수그러들었다.

'끄응, 뭔지 몰라도 제법 견디는데? 완전히 몰아내려면 고생 좀 해야겠군.'

그래도 어쨌든, 금제가 자신을 통제할 수 없다는 것만은 다행이 아닐 수 없었다. 고생은 좀 하겠지만.

4.

날이 밝자 감평악이 찾아왔다.

"허허허, 잘 지냈나?"

'빌어먹을 인간, 내 신음이 노랫소리로 들렸나?'

진짜 사부하고 똑같이 말한다. 그래도 대답은 사부에게 할 때와 다르게 했다.

"죽는 줄 알았습니다."

사부에게 이렇게 말했으면 어떤 표정을 지었을까? 혀를 차며 안됐다는 표정을 지었을까, 아니면…… 당연하다는 표정을 지었을까?

감평악은 당연하다는 표정을 지었다.

"이제 여섯 달 정도는 괜찮을 거네. 자, 나와 함께 종주님을 만나러 가세."

'아니지, 사부님은 아마 문 밖에서 불쌍하다는 표정을 지었을 거야. 저딴 인간하고 절대 같은 심성을 지니신 분이 아니니까.'

사도무영은 사부를 그리워하며 감평악에게 물었다.

"종주님은 어떤 분이십니까?"

감평악의 얼굴에서 웃음기가 사라졌다. 그러나 순식간에 본 모습을 되찾고 담담히 웃으며 말했다.

"아주 뛰어나신 분이지. 나에게는 형님이 되시는데, 지금도 그렇지만, 향후 신교에서 능히 다섯 손가락 안에 드실 거라 생각하고 있다네."

"대단하신 분이군요."

"그렇지. 하나…… 이것만은 분명히 알고 있게. 종주님은 실패를 용서하지 않는 분이시라는 걸 말이야. 그 점이 나하고는 많이 다르지. 나는 수하들을 죽음만으로 다스리지 않거든."

한마디로 말해서, 종주는 악독한 놈이고, 나는 착한 놈이다, 그 말이었다. 사도무영은 속으로 코웃음이 나왔지만, 존경의 눈빛으로 감평악의 말에 대답했다.

"잘 알겠습니다, 총령."

"허허허, 가세."

5.

감교악을 본 사도무영은 섬뜩함을 느꼈다.

'감평악이 왜 그리 말했는지 알 것 같군.'

얼굴은 평범했다. 그러나 눈빛 속에 잠들어 있는 냉혹함은 감평악이 감히 따라가지 못할 정도로 삼엄했다.

감교악 앞에 도착한 사도무영이 감평악이 일러준 대로, 두 손을 합장하듯이 붙이고서 허리를 숙였다.

"사영이 종주를 뵙습니다."

"본곡에서의 하룻밤이 어땠는지 모르겠구나."

"편히 지냈습니다."

종일 신음이나 지르면서.

"참을성이 강한 것 같아 기분이 좋군. 그래, 현천교의 종리고명과 아는 사이라고?"

"예, 종주."

"그는 잘 지내고 있느냐?"

"칠 년 전에 돌아가셨습니다."

"저런, 저런. 그래, 그에게서 무엇을 배웠느냐?"

"그분에게 기문진식의 기초와 기본적인 무공을 배웠습니다. 교리도 배우긴 했는데, 솔직히 제가 별 산경을 쓰지 않아서 거의 다 잊었습니다."

감교악의 눈빛이 미세한 변화를 보였다.

"현천교의 무공은 어느 정도나 배웠느냐?"

"당시에 제가 어리다 보니 심법과 간단한 초식 몇 가지만 겨우 배웠을 뿐입니다."

"흠, 그래도 오랜 기간이 흘렀으니 꾸준히 연마했다면 상당한 경지에 올랐겠군. 어디 현천교의 심법을 응용해서 무공을 한 번 펼쳐봐라."

전혀 예상치 못한 요구였다. 의심이 많아서 형제도 믿지 못하는 사람이 코앞에서 무공을 펼쳐 보라니.

시험해 보겠다는 건가?

감평악이 의아한 표정으로 힐끔 사도무영을 바라보았다.

'저놈에게서 내가 모르는 이상한 점을 느꼈나?'

사도무영도 흠칫하며 고개를 들었다.

"그래도 되겠습니까?"

"후후후, 왜? 내가 암습을 두려워할 거라고 보느냐?"

"그게 아니라……."

난감했다. 갑자기 현천교의 무공을 펼쳐 보라니.

적의가 있는지 시험하겠다는 것일까, 아니면 정말 현천교의 무공을 확인하려는 것일까.

이래도 저래도 고민이었다.

현천교의 무공? 뭘 알아야 펼치지.

하나 어쩌랴, 암습도 두렵지 않다며 해보라는데.

'제기랄, 나도 모르겠다. 하는 데까지 해보는 수밖에.'

이판사판이었다.
정 안 되겠으면 한바탕 엎어버리지 뭐.
결정을 내린 사도무영은 합장한 손을 풀고 허리를 세웠다.
"그럼 하시라 하시니 보여드리겠습니다."
순간, 사방 벽과 천장에서 냉엄한 기운이 밀려들었다.

〈4권에서 계속〉

흑마법사 무림에 가다

박정수 판타지 장편 소설

FUSION FANTASY STORY & ADVENTURE

『마법사 무림에 가다』의 박정수!
이번에는 흑마법으로 무림을 평정한다.
마교에서 부활한 대흑마법사 마헌의 무림종횡기!

무림인들은 자기 실력의 3할은 숨겨 둔다고?
그렇다면 내가 숨겨 둔 비장의 3할은 바로 흑마법이다!

dream books
드림북스

신마협도

권용찬 신무협 장편소설
ORIENTAL FANTASYSTORY & ADVENTURE

『철중쟁쟁』, 『칼』, 『상왕진우몽』의 작가!
권용찬의 탄탄한 구성과 흡입력 있는 이야기.

악의 본질을 꿰뚫어 본 사람만이
진정한 협을 말할 수 있다!

철저한 악인으로 살아온 지난 세월을 모두 벗어 던지고
가슴으로 말하는 협(俠)의 길 위에서 천하를 질타한다!

dream books
드림북스

Hell Drive
헬드라이브

엽사 판타지 장편소설
FANTASYSTORY & ADVENTURE

『능력복제술사COPY』,『소울 드라이브』의 작가!
엽사 판타지 장편소설

세상의 모든 불길을
　　　다스리는 화염의 지배자!

그를 분노케 하지 말라!
그가 눈을 뜨면 지옥의 문이 열린다!

dream books
드림북스